イラスト 流刑地アンドロメダ

仏よも
illust
流刑地アンドロメダ
偽典・演義 壱
giten engi
1
〜とある策士の三國志〜

偽典・演義

～とある策士の三國志～

giten engi

壱

1

目次

プロローグ　一三

第一章　何進伝

一　主人公正式に仕官する　二六
二　黄巾前夜　三六
三　黄巾の乱　四八
四　黄巾の乱の終わりと涼州の乱の始まり　一一四
五　涼州の乱　一三五
六　涼州の乱の終わりと張純の乱　一九五
七　張純の乱の陰で　二〇五
八　西園三軍　二二七

特別読切

幕間一　高祖の風　二四〇
幕間二　何進と李儒　二五二
李家の神童と司馬家の鬼才　二六二

あとがき　二七六

偽典・演義
～とある策士の三國志～
giten engi

主な登場人物紹介

李《り》儒《じゅ》
?（165年）～192年

本作の主人公。元は現代日本のサラリーマンだったらしい。本作では165年に弘農郡の名家に生まれた李儒に転生し、後の大将軍・何進の部下になる。史実では、董卓の軍師として名をはせた。別名「諸悪の根源」。

何《か》進《しん》
?年～189年

妹が後宮に入り、後に皇帝の子を産んだため、一介の食肉加工業者から政界のトップまで駆け上がった超出世頭。宦官や名家が入り乱れてドロドロだった宮中を、知力と謀略をフル稼働して泳ぎ切る。

董《とう》卓《たく》
?年～192年

『三国志』の正史や『三国志演義』ではキング・オブ・暴君のような書かれようだが、本作では武闘派ではあるものの、今のところ悪の権化とまで言われるようなことはしていない。見た目は熊のような巨軀で、馬に2つの弓を固定して、走らせたまま両手で弓を引いたという伝説がある人物。

孫《そん》堅《けん》

１５５年？～１９２年？

『三国志』『三国志演義』のメイン登場人物の一人、孫権の父。田舎の弱小豪族出身だが、武人として頭角を現し、黄巾の乱、涼州の乱では鎮圧部隊を率いて大活躍するものの、董卓をディスって張温に嫌われる。

張《ちょう》温《おん》

？年～１９１年

政権の中枢である三公の司空に地位にあって、大将軍に次ぐ軍部のナンバー2とも言える車騎将軍も務めたという偉い人。史実では優柔不断で、董卓に忌み嫌われて悲惨な最期を遂げるが、それは後の話。

辺《へん》章《しょう》

？年～？年

涼州の武人。羌族主導で引き起こされた涼州の乱で、初めは韓遂とともに捕らえられ人質にされるも、解放されたあげく、なぜか軍部のトップにまつり上げられたため、官軍に命を狙われる羽目に。開き直って反乱軍を率いる。

韓《かん》遂《すい》

？年～２１５年

元々は何進のお気に入りだった武人。成り行き上、辺章とともに涼州の乱の反乱軍サイドの人とみなされたため、改名までした。生涯にわたってアンチ中央政権を貫き通す。

偽典・演義
～とある策士の三國志～
giten engi

壱 1 関連年表

165（延熹8）年		**・李儒、弘農郡の名家に生まれる**
180（光和3）年	春	**・李儒、何進のところで就活**
184（中平元）年	1月	・太平道の教祖・張角に送り込まれた馬元義が捕まり、洛陽で大粛清が行われる
	2月	・張角が鉅鹿で信徒に蜂起を呼びかける。
		・黄巾の乱勃発
		・何進、大将軍になり、党錮の禁が解かれる
	6月	・小黄門への賄賂を断ったことで盧植が罷免される
		・罷免された盧植の後任として董卓に黄巾討伐軍を率いるよう命が下される
		・この頃、朱儁の討伐軍に加わっていた孫堅や曹操が活躍
	8月	・黄巾賊に敗れた董卓が免職される
		・この後、李儒と董卓が洛陽にて初めて相まみえる
		・張角が病死
	10月	・皇甫嵩が張宝を破る。朝廷が黄巾の乱の平定を宣言
		・涼州にて羌族が蜂起。辺章と韓遂が捕らえられる
		・この頃、劉備玄徳は義勇軍の頭領

185（中平2）年	3月	・羌族から軍政を任せられた辺章と韓遂が率いる軍勢が三輔地域に進攻
	春	・董卓、皇甫嵩に随う形で涼州の乱の鎮圧に出兵
	8月	・**20歳の李儒が九卿になる**
		・洛陽に呼び戻された皇甫嵩に代わり司空の張温が車騎将軍に任じられ出陣、その際に孫堅らが部下として従軍する
186（中平3）年	9月	・孫堅が消極的な董卓を非難するが、洛陽と張純の動きを警戒した張温は聞き入れず、必勝の時期を待つ
	11月	・李儒、美陽にて夜襲を敢行。撤退する辺章・韓遂軍を董卓が打ち破る
187（中平4）年	5月	・幽州にて張純の乱勃発
		・**8歳の司馬懿が李儒の弟子となる**
188（中平5）年	3月	・宦官たちと何進の進言を受けて皇帝が西園軍設立の勅を下す

*太字は小説内で起きたフィクションです。

プロローグ

光和三年（西暦一八〇年）・春　洛陽

（これが庶民から大将軍にまで成り上がった男、か）

地元の弘農《こうのう》から出仕の為《ため》に漢帝国の首都である洛陽《らくよう》に上洛した俺の目の前には、ずんぐりむっくりな体格をしながらも洛陽の高官には珍しく暴力のにおいを隠しもしないおっさんが偉そうに座っており、今はそのおっさんから品定めをされているような視線を向けられていた。

「ほう。貴様が噂《うわさ》の神童か。なるほど……小賢しそうな顔をしているな」

「お褒め頂き恐悦至極にございます」

「……褒めとらん」

「……」

はい、もちろん存じ上げております。とは言えず、黙って目礼をする噂の神童こと俺。

いつの世も雇用主と従業員の間には海より深い溝と、山より高い壁があるのだ。特にこの時代では立場の違いは絶対だ。そこに慈悲などない。

いきなりで何が何だかわからない？

それもそうか。簡単に言えば俺は今、就職の面接に来ている。

なんと言えばいいのか自分でもわかっていないのだが、とりあえず先日元服した俺は正式に出仕することになった。そしてその際、親や周囲の人間の意見を無視して自分の意思で何進《かしん》がいる勤め先を選んだ結果、人事の担当者ではなく、なぜか侍従にして皇后殿下の兄にして将作大匠・河南尹《かなんいん》にして、その権力を遺憾なく行使していることで「肉屋の倅《せがれ》」と呼ばれ忌み嫌われている何進当人によって現在進行形でジロジロと見られているのだ。

何故《なにゆえ》か？　これはまぁアレだ。

俺の生まれや評価を耳にした何進が、部下に任せず自分で見定めるべきだと判断したのだろう。

これが普通の圧迫面接と違うのは圧迫が圧迫（物理）であり、面接官である何進が気に食わなければそのまま殺されるか、何かしらの罪を被《かぶ》せられて投獄される可能性が高いということだろうか。

あん？　サツバツ？　当たり前だ。この時代の就職活動は命懸けなんだよ！

そんなしくじれば物理的に首が飛ぶ可能性もある古代中国の就活の怖さはともかくとして、今現在、俺の目の前に坐《ざ》する面接官兼雇い主様（になる予定）から向けられる視線は、歓迎するというモノではない。むしろ明らかに訝《いぶか》し気である。その気持ちは言葉からも有り有りとわかる。というか、わざとこちらにわかるようにしているのだろう。

こうして品定めされるのはこちらとしてもあまり気分の良いモノではないが、彼の気持ちもわからないではないので、ココはじっと我慢一択。

何せ何進という人間は、一応侍従という正式な官職を持つとはいえ、自分が周囲から妹の立場を利用して成り上がった卑劣漢と言う風評を受けていることを自覚しているし、十常侍《じゅうじょうじ》を筆頭とした宦官閥《かんがんばつ》や、名家の連中に嫌われているため、宮中で孤立していると言っても過言ではないことも自覚しているのだ。

それらのせいで常日頃から宮廷工作の手駒が不足していることに頭を悩ませていた自分の下に、そこそことはいえ紛れもない名家の生まれであり、周囲から神童とまで言われている子供が出仕してくるとは想像していなかったはず。

その為、今回俺が出仕希望を出したという話は何かの間違いか、はたまた名家の連中から言われて嫌がらせをしにきたか？　などと思っていたと思われる。

そこに平然と「予定通り出仕しに来ました」と曰《のたま》う子供が現れたのだ。それに対し「こいつは名家閥からの間者じゃねぇか？」と疑うのは当然の事、というか疑う程度の危機感がなければ洛陽では生きていけない。

そしておそらくだが、俺がここを出仕先に指名した際、彼は徹底的に俺の裏を探ったはずだ。だが俺が間者であると言う証拠は出てこなかったのだろう。だからこそ自分の眼《め》で確かめようとした。

まぁ証拠が出ないのは当然の話だ。なぜなら俺は間者などではないんだからな。むしろ両親や知り合いからは「絶対に行くな」とまで言われて出仕を止められたのだ。

その事も当然理解しているだろう。そこまでしてここに居る俺に対しては疑惑だけじゃなく興味もあるはずだ。そうじゃなければ態々《わざわざ》面会などせずに、書類だけ渡して適当な仕事をさせている。

つまり「こうして面会出来た」と言う時点で俺の策は成ったと言える。

……苦節十年。ようやくここまでくることができた。

今までの人生を振り返ると思わず涙が出そうになるぜ。

「おい、その、何と言うか、妙に澄み切った目を止《や》めろ」

「はっ。失礼しました」

妙に居心地を悪そうにして「澄み切った目を止めろ」と言うなんとも無茶なことを言って来る何進だが、上司の命令は絶対だ。瞼《まぶた》を閉じて目線を下にし、軽く頭を下げることで無茶とも言える要求を叶える。

そうして瞼を閉じながらも思い出すのはこの十年間のことである。


〜〜〜〜〜〜〜〜〜〜〜〜〜〜〜〜〜〜〜〜〜〜〜〜〜〜〜〜〜〜〜〜〜〜


異変が起きたのは二〇一八年の夏のある日、俺が三十五歳の誕生日を迎えた瞬間だった。

その日の前日はいつものように朝四時に会社に入り、色々な作業を行いながら仕事をしていたんだ。

最近ベテランが辞めたり、補充で入って来た新人が逃げたり、同僚が労基とやらに駆け込む！　と言って行方不明になったりして俺の居る部署は人員不足となっていた。

そんな中でも優秀な営業さんは仕事を貰《もら》って来るモノだから、さぁ大変。

仕事を終わらせる度に新しい仕事が増えて行くし、それぞれの仕事を期日までに仕上げないと会社の信用や営業さんの信用に関わると言うので休みも取れず。でも不景気だから給料は据え置きと言う環境の中で（人が減ったから「じゃぁその分昇給ね」とはならない。残業代？　ハハッ面白いこと言うね）なんとかやりくりをしていた日々。

それでもその日は午後十一時五十分を過ぎたあたりで今の仕事に終わりが見えて来たので、一息つこうと思い、会社の備え付けの冷蔵庫からビールを取り出して「誕生日おめでとう」と自分に言いながらビールを一口飲んだと思ったら、後頭部に痛みが走り……気が付いたら五歳児だった。

意味がわからねぇ？　俺もそうだ。だが夢でもなければ幻でもなかった。

最初は訳がわからず、いつの間にか床で寝ていて寝惚《ねぼ》けたか？　と思ったが、なんか見た目は普通の寝台みたいだし、板の上に布団って言うかまぁソレに近いモノをかけて寝ていたんだ。妙に後頭部が痛かったのを覚えている。

そこで色々確認したら、自分が五歳児であり、自分が古代中国と言われる時代に居ると言うことに気付いたのだ。

自画自賛するようでアレだが、それからの俺の行動は非常に速かった。この時代の学歴（学閥）の重要性を理解していた俺は、親の権力を使って洛陽の学問所に入り、徹底して学んだ。

清流派？　濁流派？　そんなの関係ねぇ！　と言わんばかりに、一心不乱に学んだ。

ちなみに上記の派閥と学閥は似ているようで違う。

まず学閥。これは現代日本と同じで、どこの学び舎で学んだか。と言うものだ。

わかりやすく言えば、少し後の話になるが、公孫瓚《こうそんさん》や劉備《りゅうび》が盧植《ろしょく》の下で学んだり、諸葛亮《しょかつりょう》や龐統《ほうとう》が司馬徽《しばき》の私塾の門を叩《たた》いたような感じと言えばわかるだろうか？

これは最終的な学歴に関わるところであり、人脈を得ることが重視されることからもわかるように、よほど専門的な分野にならない限りは、どこで学ぼうが得られる知識量に大差はない。故に問題になるのは清流派と濁流派と呼ばれる派閥だ。

この二種類の派閥を語るには、まず名家と言うのが何か？　を知らねばならない。

とは言っても、これは見た感じでわかるだろう。読んで字の如《ごと》く、名のある家。つまり名家とは、この漢と言う国に於《お》いて、それなりの年月の間家を保っていて、かつ一族が一定以上の格が有る官職を得ている由緒ある家柄のことだ。少し違うかもしれないが、日本だと戦国時代の公家みたいなものと思って良いかもしれない。

つまりは代々伝わる歴史と格式。さらに役職などを継ぎ、その職務に関するノウハウや知識を独占する役人たちの集団である。そして清流派と言うのは、そんな名家に所属する人間が自称する派閥の一派を指す。

その最大の特徴は、彼らの対義語に濁流派と言う言葉があるように、己を清い存在であると自認しているところにある。そしてこの場合の清濁を分ける基準は、物凄《ものすご》く簡単に言うならば『何を成したか』ではなく『如何《いか》にして権力を得たか』という、過程の話となる。

すなわち、その権力や役職を得るために自分の家柄や学閥を使った人間が清流派を自認し、宦官（皇帝の後宮《ハーレム》を管理する役職。皇帝の妻である皇后や寵姫《ちょうき》と不貞を働かないように男根を切り落とした人間にしかなれない）や外戚（皇后や寵姫の親族）の力を頼って権力を得た者を濁流派と呼んで蔑んだのがその始まりだ。

元々、漢と言う国家は、外戚と宦官がその権威を巡って争っていた国家であった。その中で、現在の後漢末期はどうなのかと言うと、先帝である桓帝《かんてい》の時代には梁冀《りょうき》と言う外戚と彼に阿《おもね》る一派が幅を利かせていたのだが、彼はそのあまりの権勢の強さから増長すること甚《はなは》だしく、あまりにもその限度を超えていたとして、帝《みかど》から勅命を受けた者に討ち取られていた。そして現在の宮廷は、その梁冀を討ち取ることに尽力した宦官の権勢が強い時代となっている。

このように、この時代の宮廷における権力抗争は絶え間なく行われており、本来名家の生まれである俺の立場であれば、さっさと名家連中が作る派閥である清流派だの濁流派に所属し、その派閥の勢力拡大のために働いて、お零れに与《あずか》ろうとするのが常識的な行動であろう。しかし俺には曖昧であるが三國志の知識があったことが、彼らの作る派閥への参加を思いとどまらせた。

そして自分の中に有った歴史知識を漁《あさ》った結果、近い将来の勝ち馬の存在に思い至ったのだ。そうなれば話は早い。俺は勝ち馬に乗るために学び、そして鍛えた。

さらに朧気《おぼろげ》ながら有った未来の知識を活かして、それなりに効果的な筋トレを行ったり、槍《やり》や弓を学んで個人としての力を鍛えたかと思えば、同じように知識を使って実家が持つ荘園を栄えさせたりと、色々やった。そのおかげで付いた渾名《あだな》（というか称号）が「李《り》家の神童」である。

大仰に聞こえるかもしれないが、そもそもこの時代は「王佐の才」だの「三君八俊」だの「八龍」だのと物事を大げさに語る連中がほとんどなので、俺の「神童」もそれほど特異なモノではない。

ただ、利用できるモノは何でも利用するという精神の下、散々就活アピールした結果、俺は若輩の身でありながら、こうして何進の前に立つことが出来たと言うわけだ。

とりあえずそんな感じで回想終わり。細かいことはいずれ語ることも有るかもしれないが、今はココまでだ。

〜〜

「……ふん。度胸は有るようだな。それに武術の腕も」

「……」

ここでネタなら『恐悦至極！』とか答えるべきかもしれないが、流石《さすが》に目上の人間に天井は厳禁であるので、黙って頭を下げる。

「学問所の成績も申し分ない。いや、それどころかまさに完璧。こうしてみれば、まさしく文武両道の俊英と言っても良いだろう。……そんな貴様がなぜ俺に仕えようとする？」

漸《ようや》く面接の本題である志望動機の確認になったか。この時代は基本的に「郷挙里選」と呼ばれる制度が当たり前に蔓延《まんえん》しており、同郷の人間からの推挙だとか、学問所の同門からの推挙が主流である。それ以外だと「孝廉《こうれん》」と言って、そいつの評判を聞いた者が、推薦して就職が決まる場合もあるが、基本は縁故採用が主流となっている。その為、こうして縁も所縁《ゆかり》もないところに仕官する人間には必ず裏が有ると言うのが一般常識であった。

だからこそ何進は俺を疑っているのだろう。まぁ当然裏は有るぞ？　ただそれが間者だとか何だと言うわけではなく、純粋に勝ち馬に乗って立身出世する為だと言うだけの話なんだけどな。

「はっ。それでは閣下のご質問にお答えいたします。言い回しなどに不快な点があろうかと思いますが、なにとぞご容赦を」

「構わん。むしろ無駄を省け。持って回ったような言葉を使って煙《けむ》に巻かれるよりはマシだからな」

うん。気持ちは良くわかる。名家とかって奴は何にでも格式だの格調を求めるから、話の内容を聞いていても、どれが本題なのかわからねぇんだよ。この様子だと何進も宮廷の独自ルールには相当辟易しているようだ。

だがこれで少なくとも「言葉遣いが悪い」と言われて断罪される可能性は大幅に減った。ならば俺に負けはない！

「寛大なお言葉ありがとうございます。それではご質問にお答えさせて頂きます」

さぁ何進よ俺の弁舌を受けるがいい！

〜〜〜

これは突如として三國志の世界に転生した男が様々なことを行い、後世に於いて「天下人の軍師」と謳《うた》われることになるまでの一代記である。

偽典・演義

~とある策士の三國志~

giten engi

第一章　何進伝

一　主人公正式に仕官する

洛陽・河南尹執務室

「まず閣下が言われた通り、私はそこそこの名家の生まれです」

圧迫面接の第一段階である圧力への耐久度のチェックをクリアした俺は、第二段階である志望動機の説明を行っていた。

「あぁそのようだな」

実際俺の実家は司隷《しれい》にある弘農郡に荘園を持つ家なので、その辺の地方軍閥とは違った格のようなものは有るし、家同士の繋《つな》がりも有るので、そこそこ良いところの家と言っても言いだろう。

「ですが、所詮はそこそこの家にすぎないのですよ」

「あん？」

何進は自身が庶民の出なので名家を一括りにしているが、それは大きな間違いだ。

「我が家の家格は四世三公《しせいさんこう》の名家と謳われる汝南袁家《じょなんえんけ》だの、四世太尉の家と謳われる楊家《ようけ》には及びませんし、皇太后陛下の外戚である董家《とうけ》のような家にも到底及びません」

「……ふむ。続けろ」

顎に手を当てて考えたが、ぼんやりと俺の言いたいことは理解できたのだろう。その目には先程までの訝しげなモノを見る感じ一色だったのが、純粋に俺を観察しようとするモノまで見え始めた。さすがの傑物である。

「はっ。そんな私がこのまま名家閥の中に入ってしまえば、私は彼らの部下として働くことになるでしょう。その際、彼らは私の能力や成した仕事を正しく評価してくれるでしょうか？」

「連中が？　正しく評価？　……そりゃねぇな」

何進から見た名家の連中とは、妬みや僻《ひが》みが具現化したような連中で、常日頃から足の引っ張り合いをしているクソ共だ。いくら優秀でも、いや優秀だからこそ若者の実績を認めることはないだろうということは想像に難くない。

むしろその実績を掠《かす》め取って自分の昇進の為に使い、後から多少の昇進か何かをさせることで「よくやった」と曰《のたま》い恩に着せてくるような連中だ（昇進させればまだ良いが、場合によっては口封じで殺される）。

「はい。ありません。むしろ功を奪い、それに文句を言えば『貴様程度の若造が生意気だ』と言って叩いてくる可能性が高いのです」

この時代は家格や年齢が全てだ。その為、若造が正しく評価されることなどほとんどない。

「さらに自分の家の子よりも優秀だと言う理由で、わけのわからない逆恨みをされたり、仕事の妨害をしてくるでしょう。いえ、もしかしたら殺されるかもしれませんね」

これはただの予想ではなく限りなく高い確率で訪れる未来だ。

学問所での勉学の際にも絡んできた連中は数知れず居るし、無視すれば無視したで五月蠅《うるさ》かった。中途半端に痛めつけて静かにさせても次の日には家の権力を振りかざして騒ぎ出すので、黙らせるには殺すしかないと言うまさしく害虫なのである。

「そりゃそうだな。……はぁ。馬鹿どもが」

利用したり功を奪うのは予想できても、そんな嫉妬で殺しまでしてどうするというのか。さらに救えないのは、これが濁流派と呼ばれる人間だけではなく、己を清流派と抜かす連中も共通した思考であると言うことか。

何進にとっては完全に理解の外である。

「そのため名家閥には所属する気になれませんでした。宦官閥については……」

「あぁわかったわかった。そりゃそうだな。俺でもそうする」

説明する必要が有りますか？　と問えば、何進は心から納得したように頷《うなず》いた。大体にして宦官連中は名家を嫌っているのだ。だから個人的な後ろ盾がなければ、名家閥に所属する以上に危険な目に遭う可能性が高い。具体的には、極めて高い確率で捨て石にされる。俺には連中との間に伝手《つて》がないし、わざわざアレを切断する気もないから、連中とは本当の仲間にはなれんしな。

「ご理解いただきありがとうございます」

「ふむ。とりあえずお前の考えはわかった。だが世の中にはそいつらや俺に属さない連中だって居るだろう？　そっちはどうなんだ？」

何進が言っているのは王允《おういん》や皇甫嵩《こうほすう》に代表される帝派とも言える連中のことだろうが、残念ながら俺は早世する霊帝《れいてい》には興味がないからなぁ。

「彼らですか……彼らは党錮《とうこ》の禁《きん》から私の身を守ってくれますかね？」

「ん？　あぁ、連中には無理だな」

とは言え帝に興味がないなどとは言えないので、それっぽい言い訳を考えて来たのが功をそうしたか。どうやら俺の言い分にも納得してもらえたようだ。

何進は武官であり、外戚であり、生まれが生まれなので党錮の禁とは完全に無関係である。しかし中小の名家に生まれた人間が仕官の際に一番警戒しているのがこれであるのも事実だ。

そもそも党錮の禁とは、宦官と名家閥の清流派（士大夫）たちの権力闘争から発生したものであり、帝の勅命を悪用した宦官による清流派の弾圧政策のことを指す。

この弾圧は、基本的に宦官を認めていない本人だけでなく、その身内や親しい人間も弾圧の対象に含まれることもある為、自分も知らないうちに罪を犯したことになったり、急に知り合いに連座させられて処分される可能性があるのだ。

そうなった場合「王允らは俺を守るか？」と問われれば「見捨てるに決まっている」と言う答えに行き着く。

では何進は？　となると「俺に利用価値が有れば助けるだろう」と言う結論になる。

そもそも彼は侍従であると同時に、妹が皇后と言う、正真正銘帝の外戚に当たる人物なので、彼の一党に入ることが出来れば「一族郎党の弾圧」と言う括りからは抜けられる事になると言うのも大きい（まぁ親が直接何かしたりしたらアウトだが、弘農の荘園に居れば基本的に洛陽から出ない宦官を敵に回すこともないと思われる）。

それにそもそも国家権力を握る宦官どもと戦ったり競ったりするためには、彼らが持たないナニカが必要になる。そこで一番わかりやすいのが軍事力と言うわけだ。

だが宦官も名家もそのことは承知の上である。その為彼らはお互いの派閥に関わる人間に武力を持たせようとはしない。

その上、今の清流派を名乗るアホどもは何をトチ狂ったか「武力を持つこと＝穢れである」などと、平安時代の公家のような訳のわからないことを言い出している始末だ。

まぁこれに関しては、後漢を再興した光武帝《こうぶてい》が名家連中に力を持たせないようにするために儒教を流行《はや》らせたせいでもあるので、ある意味では漢の忠臣の有るべき姿と言えるかもしれない。

そんな拗《こじ》らせた名家連中のことはともかくとして。

「ええ。無理なんです。その為、私が自身の身の安全と立身出世を両立させることを考えて選ばせて頂いたのが閣下なのです」

「ふん。随分と正直なことだな？」

「そう望まれましたので」

「クッカカカッ！　そうだな！　確かにそう言ったのは俺だ！」

俺の言葉を受けて、何進はやや不機嫌そうな顔から一転し上機嫌で笑う。

元が食肉業者と言うのも有るだろうが、彼は気難しい職人気質《かたぎ》と言うか、ヤが付く自由業の方々の親分さんのような人間の可能性が高いと言う俺の予想は正しかったようだ。

「なるほど。お前の狙いは理解した。では次だ。お前を囲うことで俺にはどんな得がある？」

これは条件次第ではオッケーと言うことだろうか？　俺への疑いは完全……とまでは言わないが、かなり払拭されたようだ。しかし囲うって言われようだとなんかアレなんで、普通に雇うとかにしてくれませんかねぇ？

まぁわざわざそんなことは口に出しませんけど。

「はっ。まずは名家の連中との交渉や各種資料の作成が可能です」

「ふむ。それは普通に助かるな」

ある意味一番厄介な仕事と一番面倒な仕事を自分から抱え込むことになるが、世の中で成功するためには他人がやらないことをすることこそ成功への近道であると言うことを忘れてはいけない。

「また今ここで私の事情を説明したように、名家には名家の者として生まれながらも燻《くすぶ》っている者たちはいくらでも居ます。今は閣下に対して隔意がありましょうが、私が間に入ることでそれらを軽減出来ます」

「……俺の部下に名家閥が出来そうだな。小者ばかりなのが気になるところだが」

中々に話が早いが、少し性急すぎじゃないか？　いや、何進が今まで連中相手にかなりのストレスを溜《た》めていたと言うことがわかるな。

「閣下。子供でも百人いれば大人の一人は殺せますよ？」

そして子供を集めても警戒をされることはない。連中がその驚異に気付き、警戒するころには名実ともに揃った状態になるので、手も出せない状況になる。

「……なるほど、それも道理だ」

そこまでくればたとえ相手が袁家であっても、それなりに何進も渡り合えるようになる。なにせ何進が一人で騒ぐよりも俺たちのような名家が百人で騒いだほうが、名家閥に与える影響が大きいのは当然の話なのだから。

加えて、騒ぐのはただの若造ではない。何進と言う後ろ盾が有る名家の若造だ。そう言う連中を抱え込めば、これまで以上に各種工作がしやすくなるのは少し考えればわかるだろう。

「更に閣下の庇護《ひご》の下でその子供が大人になれば、その子もまた閣下の力となりましょう」

後は雪だるま式に勢力の拡大に繋がるって寸法だな。まぁ残念ながらそこまで何進の勢力が大きくなることはない可能性が高いんだが、それもこれも今後の動き次第ってな。

はてさて、何進は俺という異物をどう判断するかね？

何進

「……確かに。十年先を見据えれば今のままとはいかんのは事実だ」

小僧の言うことはわかる。つまり、俺がこのままただの外戚で終わるか、それとも位人臣を極めるか。宮廷においてそれを分けるのは、個人の力量よりも組織力だろう。

暴力だけではこれ以上大きくなれないと考えれば、どうしても名家や宦官との妥協が必要になる。だが自前の名家閥があれば、わざわざ俺が偉そうにふんぞり返っているゴミどもの相手をしなくても済むわな。

そして目の前の若造には、それらを纏《まと》めるだけの実力があるだろう。まぁ俺が後ろ盾であることが前提にあるが、だからこそこいつは俺を裏切らんし、裏切れん。

……いやはや悪くない。と言うか完全に利害が一致している。コイツはここまで考えて俺の部下になることを選んだのだろうよ。

「…………」

話すことは全部話したのか、若造は口をつぐんで頭を下げながら俺の言葉を待っているようだ。自分の立場ってヤツをしっかり理解しているようだし、コイツは買いだな。


「話はわかった」

「……では？」

「あぁ貴様を使うこととしよう」

「ありがとうございます！」

若造が本心から喜んで頭を下げるのがわかる。意外と言えば意外だが、まぁさっきの話を聞けばなぁ。誰が好き好んで命の危険を感じながら仕事をしたいと思うものか。さらに手柄まで持っていかれるとわかっていたら、とてもじゃないが我慢できん。

俺に断られたらその道を選ぶしかなかったと考えれば、喜ぶのもわかるさ。

だが甘やかす気はねぇぞ。

「まずは働きを以《もっ》て自分の言葉を証明して見せろ」

画《え》に描いた餅なんざ、どれだけ見映えが良くても意味はないんだからな。

「はっ！　この李儒《りじゅ》。これより閣下の御為に微力を尽くします！」

微力じゃ意味がねぇんだよ。と言いたいところだが、流石にこの場で若造の意気込みに水を差す気はねぇ。

「おうよ。精々役に立てよ？　李家の神童」

「はっ！　今後ともよろしくお願い致します！」

……神童を否定しねぇのな。いや、こいつの場合は名家同士の褒め合いと違って根拠がねぇわけじゃねぇから、自信の現れなんだろうがよぉ。まぁ使えなければ切るだけだ。せめて少しは役に立てよ？


こうして何進は神童と呼ばれた若者を配下に加えることになった。これが彼にとってどのような影響を与えることになるのか……それを知るのは目の前の若者だけなのかもしれない。

二　黄巾前夜

光和六年（西暦一八三年）・十一月　洛陽・河南尹執務室

何進に仕えること三年。この間に成長期を迎えた俺は普段から栄養バランスを気にかけた食事をしていたこともあってか、身体的にも成長し、今では身長も百八十センチに届く長身となっており、これまで鍛えてきた筋肉とのバランスも取れてきたので、中々の身体能力の持ち主と言っても良いだろう。

……まぁこの時代は普通に百九十で筋骨隆々の奴とかも居るから、バランスが取れた程度では自慢にもならないのだが。

それはさておき、外見的な成長以上に重要なのが立場の向上だ。何進に仕えて早三年。この間それなりに実績を上げた俺は、将作左校令・弘農丞《じょう》という、二十にもならない若造には過ぎたる役職を与えてもらっている。

これは俺の仕事への評価と言うこともあるだろうが、偏《ひとえ》に何進が名家連中との折衝を行いたくないからだ。つまり、俺に名家連中との折衝に必要な『格』をつけさせてやるから、代わりに連中の相手をしろってことだろう。

「で、状況は？」

以前と比べて名家絡みのストレスが減ったせいか幾分恰幅が良くなった何進であるが、決して腑抜けてはいない。

むしろ権力の増大に伴う宦官や名家どもの横槍を事前に潰す為にアンテナを張り巡らせ、一切の隙を見せることなく順調に勢力を拡大していた。

そんな何進から問われたのは、来年に引き起こされる予定の黄巾《こうきん》の乱についてである。

「大体は整いました。あとは馬元義《ばげんぎ》が洛陽に入り数日泳がせた後で捕縛します。予定は来年の正月明け。その後尋問という名の拷問を行った結果、驚愕の情報を得たということにして、鎮圧の準備を進めていけば……」

「俺の動きに気付いて焦った連中が勝手に暴発するってか？　いやはや見事なもんだぜ」

「お褒めに与り恐悦至極」

「心にもねぇこと言ってんじゃねぇよ」

何進はハンッと鼻で笑いながら俺の頭を軽く小突く。この三年の間、なんだかんだで忠実に仕事をしているので、この程度の掛け合いをできるくらいの親密さはあるのだ。

「残る問題は、予定していたよりも規模が大きくなるということですね」

いやーまさか貧民の反乱が中原《ちゅうげん》全域に飛び火するなんてなー。

ここまで大規模な乱になるなんて予想外だなー（棒）。

「あぁ。洛陽もアレだが地方もアレだからな。ま、そんなんだからこそ不甲斐ない地方の太守や政治を知らねぇ将軍共を差し置いて俺が上に立てるわけだが」

「ですな」

黒い笑みを浮かべる何進とそれに相槌《あいづち》を打つ俺。ちなみに俺らが何の悪巧みをしているのかと言えば、あの歴史に残る大乱である、黄巾の乱の誘発に関しての下準備の算段であった。

そもそもの話なのだが、古代中国において数十万人の民が一斉に蜂起すると言うのは簡単ではない（それは別に古代中国に限らないのだが）。

特に何が大変なのかと言うと、まず距離の問題がある。

後世において黄巾の乱における黄巾賊の拠点とされたのは、第一に張角《ちょうかく》が居る冀州《きしゅう》鉅鹿郡《きょろく》。そして馬元義や波才《はさい》・張曼成《ちょうまんせい》らが挙兵した洛陽に近い土地、すなわち豫州《よしゅう》潁川郡《えいせん》と荊州《けいしゅう》南陽郡《なんよう》である。

この三ヶ所との物理的な距離を考えれば、豫州潁川と荊州南陽は比較的近いが冀州鉅鹿とはかなりの距離が離れている。

前者が大体東京～名古屋くらいだとすれば、後者はざっと言っても鹿児島から青森くらい離れている。その上、両者の間には司隷や兗州《えんしゅう》が有り、さらに黄河《こうが》と言う絶対的な壁も有る。その為、両者の合流は物理的に不可能なのは当然としても、情報のやりとりすら簡単にできるものではない。

そんな状態で同時多発的な感じで一斉蜂起をするためには、事前の情報のやりとりや集まった連中に対する武具・食糧の準備など、入念な下準備が必要になるのは当然のことだ。

そしてその下準備に気付かないほど、何進と言う男は鈍くはない。と言うか、その下準備を密かに支援したのが俺を含む何進一派である。

洛陽における元食肉業者の元締めであった何進にすれば、潁川・南陽方面における食糧の動きから彼らの規模を測ることは容易であったし、この動きを利用して軍部を掌握すると言う李儒の提案は彼にも理解しやすいことだった。

何進は最初、この動きを知った際「どうしたものか」と、どう利用すれば己の利益となるかを考えた。この質問に対し、もともと黄巾の乱の存在を知っていた俺は、

「どうせ近いうちに不満を溜めた連中が蜂起するのですから、ここで暴発させて膿《うみ》を出しきりましょう。ついでに地方で悠々自適に暮らす名家共を減らしてもらえれば最良ですな」

と、乱を起こさせてこちらで操ることを提案したのだ。

現在不満を溜め込んでいる連中が蜂起しないのは、なにも未来に期待をしているからではない。単純に金も武器も食糧もないからだ。

だからこそ、それを得たら連中は我慢などできない。できるはずがない。

いくら上層部が「冷静になれ」と言ったところで、暴れ馬の如く手綱を振り切るだろうよ。

「ほほう。なるほどな」

そんな俺の提案を受けた何進の行動は早かった。伝手を使って黄巾の連中に食糧や武具を横流しさせ、およそ十万の軍勢が二ヶ月耐えられるだけの食糧を用意させたのだ。

そう、十万の軍勢が二ヶ月しかもたない量である。

現状では潁川において予想される蜂起の規模は数十万単位（兵士として立つのが最低十万で、さらにその家族や親族のような民衆がプラスされる）であることを考えれば、これではどうしても食糧が不足することになる。

それこそがこちらの狙いだ。


問・実際に兵を率いたことがない暴徒の群れが、その分量を正確に把握できるだろうか？　また兵士や民に対して適度の配分が可能だろうか？

答・不可能。


当然の話ではあるが、こうなる。

ここで、もしも馬元義をはじめとした幹部連中が生きていれば話は別かもしれないが、彼らは洛陽で残らず殺すから問題ない。

そして残った連中が冷静に食糧の消費を計算して配分出来る可能性は限りなく低い。下っ端は目の前にある食糧と十万を超える同胞を見て、確実に「コレだけあれば自分たちは戦える」と錯覚するし、上の連中もこちらと下の連中に追い詰められる前に蜂起するだろう。

何せ官軍は討伐の準備を隠しもしないのだから。

そして蜂起の後で思いのほか食糧が持たないことを知った連中は、同じ漢の民を襲う暴徒と化す。この時点で連中はどんな綺麗事を言っても、その実、大義も何もないただの暴徒となるわけだ。

ちなみにその暴徒に襲われることになる地域に関してだが……まず潁川や南陽はもちろんのこと、豫州全域と兗州もかなりの大荒れを予想している。

また鉅鹿に近い冀州の北部地域や幽州《ゆうしゅう》、ガチガチの儒教家である孔融《こうゆう》の苛政（本人はまったく自覚していない）によって苦しんでいる青州《せいしゅう》北海《ほっかい》郡を中心とした地域も、黄巾賊に同調して派手に暴れまわると予測されていた。

あとは今まで一方的に国に搾取されるだけだった民の不満が爆発して、各地で黄巾の乱とは無関係な暴動が起こることになるだろう。まぁ暴徒化しようが何をしようが黄巾が立つのは二月で、その他も大体四～六月くらいだろう。

つまりは春の収穫が終わるかどうかの時期に立つわけだ。

その為、どう動いでも彼らは食糧が不足することが確定している。

もっと言えば場所によっては奪うだけの作物もない状態なので、民も賊も飢えることとなる。そして食糧を持たない軍勢がどうなるかなど、わざわざ説明するまでもないだろう。

こちらの狙いを簡単に言うならば、こうなった状態の連中を刈り取ることで何進の軍功として、出世の手段とするわけだ。

巻き込まれる民は迷惑どころの話ではないが、何進にも言ったようにどうせ近いうちに彼らの中で積もり積もった不満が爆発して乱が起こるのだから、ここでさっさとガス抜きをし、早急に鎮圧してから漢と言う国を終わらせるのがせめてもの情けって感じだな。

さて、このようにこれからの乱の発生から鎮圧までの絵は描けた。あとはこの乱の責任を誰が取るのか？　と言うことになる。

国家規模の大乱なのだから、現在の皇帝である劉宏《りゅうこう》の寵愛を受け、実質的に宮廷政治の中枢を支配し、今や帝の勅命すら偽装可能な宦官の集団である十常侍か？　もしくは乱を察知できず未然に防ぐことができなかった軍部に責任を負わせるか？　残念ながら違う。

基本的に責任を問われるのは中央の人間ではなく、乱に参加した人員を生み出した郡や県のトップであり、それらを推挙した人間が責を負うことになる。これが後漢クオリティだ。

そして地方のトップと言うのは、宦官や名家とズブズブの仲である。よって宦官や名家の連中は朝廷（皇帝）に地方での大規模な武装蜂起（自分たちの関係者の不始末）の情報が入らないよう、必死で揉み消しに動くことになるだろう。

俺たちはそれを防ぐために張角が洛陽に派遣した人物である馬元義を確保するのだ。

何せこの馬元義という人物は張角が教主を務める太平道《たいへいどう》と言う宗教団体の幹部であり、張角の決起に呼応して潁川や南陽で反乱を起こす予定である波才や張曼成と言った地方の指導者たちとの繋ぎを任されるほどの重要人物である。

そんな重要人物である馬元義が、この度、決起についての最終調整の為に洛陽を訪れる手はずとなっている。

連中の予定では地方の決起で官軍が洛陽から離れた隙に黄巾に味方する宦官と共に皇帝を攫《さら》い、張譲《ちょうじょう》らが皇帝説得して彼を太平道へと帰依させることで儒教一辺倒の現在の政治体系を根元から破壊せんと企てているとか。

しかしことはそう簡単にうまく行くはずもない。洛陽を含む河南《かなん》一帯を管理する河南尹であり前の潁川の太守であった何進が潁川における連中の怪しい動きを掴むことも、洛陽に入ってきた怪しい動きをする賊を捕らえると言うことも当たり前と言えば当たり前の話だ。

そして、馬元義一味から齎された衝撃の事実を帝に伝えるのも、侍従である何進にとって当たり前の話だ。

その結果、連中と繋がっている宦官だの、乱を起こされる地を治めている名家連中の面目は丸潰れとなる上に、この件に関わる全ての者を俺たちが裁く事が出来るという寸法である。

そうそう。意外と思われるかもしれないが、実はこの黄巾の乱。濁流派ではなく清流派と呼ばれる人間や宦官も多く関わっている。

清流派は党錮の禁によって弾圧されて鬱屈としていると言うのも有るし、賊の武力を用いて宦官を殺させようとしたと言うのも有るのだろうとは予測ができる。

しかし宦官に関しては、正直よくわかっていない。

そもそもアレを切り落としてまで皇帝の側《そば》に侍ろうと言う連中と俺とは価値観が違いすぎると言うのもあるのだが、どう考えてもその目的が特定できないのだ。

ただ、今の段階で馬元義が中常侍の封諝《ほうしょ》、徐奉《じょほう》等《ら》と接触しているのは知っているし、史実でも王允が張譲を批難し、張譲も霊帝に謝罪していることから、宦官全体がこの乱に関与していると言うのは確定していると見て良いだろう。

この場合、黄巾としてはそのまま皇帝を太平道に入信させて己の立場を安定させようとしているのはわかる。

しかし、そんなことをして宦官に何の得があると言うのか。彼らはすでに権力を手に入れている。外戚の驚異に備えると言う点もあるかもしれないが、今の何進にはそこまでの権力はない（むしろ乱を起こすことで権力が強化されてしまう）。

だから俺個人が考える可能性としては、黄巾の連中を使って名家の連中を殲滅《せんめつ》し、皇帝とともに太平道に入信して己の栄達を図るという可能性と、張角が作るとされる病を癒す符水だの金丹を望んだ可能性を考えている。

これはようするに、連中が本気で宗教に嵌った可能性であるのだが……実際どうなんだろうな？と首を傾《かし》げることしか出来ないのが現状だ。

いつの時代も金と権力を持つ人間が望むのは健康な体か死後の安寧だし、その両方を提供できる（可能性がある）宗教に嵌るのもわからないではない。

それに科学技術が発展していない時代なので、物事に対して科学的な反論や検証が出来ないため、信心深い人間はとことん嵌るのがこの時代の宗教でもある。

だから、もし張譲が宗教に嵌っていたと言うのなら、ほかの宦官たちも太平道に味方しようとする気持ちもわからんではないことなのだ。……この場合、向こう《黄巾》が皇帝を確保することに成功したら、この貧困社会を作った罪人として宦官どもを皆殺しにすると思うのだが、張譲らにその想定ができているかどうかは今のところ不明だ。

結局のところ、名家も宦官も己の力ではなく黄巾を利用してお互いを殺そうとしているし、ついでに（と言うかこれもメインの一つだろうが）洛陽でこのような真似を引き起こすことで、最近勢力を拡大している外戚にして河南尹の何進にもダメージを与えようとしたのだろう。

しかし所詮は机上の策士が立てた策。

実際に食糧を動かして物の流れを摑んでいる何進の裏をかけるはずもなければ、黄巾の乱を知っている上に何進に倒れてもらっては困る俺の目を欺けるハズもない。故に名家や宦官の連中も賊の関係者として処断する準備はしっかりと整っている。

しかしここで持ち上がるのが黄巾の乱と同じく、漢を衰退させる決定的な要因となった地方軍閥の活性化問題である。

「残る問題は地方の名家の連中も『自己防衛の為』と言う口実で武装するってことだな」

「はっ。誠に恐縮ですが私にはコレを防ぐ手立てはございません」

「そりゃそうだ。誰だって『黙って暴徒に襲われろ』なんて言われて『わかりました』なんてわけには行かねぇからな」

そう。史実でもそうなのだが、この乱において、涼州《りょうしゅう》・幷州《へいしゅう》・幽州と言った対異民族用に配備されている軍勢や、洛陽で組織運営をしている官軍以外の、独立した武力が国内に生まれてしまうのは避けようもないことなのだ。

この場合の問題は、地方軍閥と言う武力を持つ集団を抱えた者たちが得るモノにある。

権威とは武力の裏付けがあって初めて機能するモノ。逆に言えば一定の武力を持つ者は一定の権威を得ることになる。つまり洛陽の命令に従わない勢力が誕生すると言うことだ。

さすがの名家連中も自分が襲われるような状況になっては「兵を持つのが穢れ」などとは言ってはいられないだろうし、何より実際に兵を持つことで自分の権力が増し、十常侍たちの干渉を跳ね除《の》けることが出来ると言うことに気付いてしまえば、彼らはそれを手放そうとしなくなるだろう。

これをどうするかを考えるのが正しい漢の忠臣なのだろうが、残念ながら俺はそのようなお人好《ひとよ》しではない。

「はっ。故に閣下が、国内の兵権を纏める大司馬もしくは大将軍となれば、その地方軍閥の力も閣下のものとなるでしょう」

地方軍閥が何を言っても、漢帝国の価値観に於いて漢の全ては帝のモノだ。故に帝から漢の兵権を預かる立場となれば地方に分散する軍閥たちもまた何進の配下となる。

こうした後漢的な常識を利用して何進を納得させ、軍閥の発生を抑えるどころか、むしろ群雄割拠を加速させる為に動くのが俺の基本方針だ。

それが俺の為だと理解しているからな。

「ふっ。連中の思惑すら利用するか。まぁ帝にしても潁川での反乱準備を見抜けなかった名家連中や戦を知らん宦官よりも、前の潁川太守にして今回の乱を未然に防いだ俺へ兵権を預ける可能性は高いって言うのは確かだろうよ」

加えて何進の妹であり皇后である何后《かこう》からも皇帝に口添えしてもらえば、名家にも宦官にも何進の大将軍就任を反対する術《すべ》がなくなるわな。

……いつの世も時代を動かすのは民衆ではない。表には出ず、安全を確保したうえで民衆を操る権力者こそが時代を動かしているのだ。

既に準備は整った。

これより数ヶ月後、漢を衰退させ、群雄割拠の時代を生み出す嚆矢《こうし》となる大乱。通称『黄巾の乱』の幕が開く。

三　黄巾の乱

中平元年（西暦一八四年）二月　洛陽・大将軍府

「ふははは！　おいおいおいおい！　本当か？　本当に俺が大将軍なのか！」

馬元義の捕獲と中常侍の封諝、徐奉の処刑。それに伴う調査で彼らに同調したとみられる数千人単位の人間が首を刎《は》ねられた大粛清からおよそひと月。

敵対派閥である宦官連中や彼らと関係のある連中を今回の件で大勢連座させ、根刮《ねこそ》ぎ……と言うわけでもないが、かなりの数の政敵の粛清に成功した上、外戚の筆頭として帝より大将軍に任じられた何進は、まさしく人生の絶頂に有った。

「おめでとうございます閣下」

「はっ！　今の俺は貴様からいつもの全然目出《めで》度《た》くなさそうな声で祝辞を言われても、何の痛痒も感じんぞッ！」

……いや、別に嫌味とかお世辞ではなく、昇進しておめでとうって言っただけだから。

当たり前のことを当たり前にしているだけなのに、上司がなんか妙な言いがかりをつけてくる件について。

なんというか、大喜びの上司のテンションについて行けないんだが。

だが、何進の立場となればそれも止むなしと言ったところだろう。元が庶民の生まれである自分が今や大将軍だ。そりゃテンションも上がるか。

それに普段もそうだが、今の何進に対する周囲の態度と言うのは一般的に、妬みだの僻み、または嘲りだのと言った負の感情がほとんどであった。

その為か、彼はそれらが籠った視線や態度を向けられるのは当たり前のことだったし、そうでない者はなんとか取り繕って己の栄達を図ろうと擦り寄って来る無能どもだけだ。

だから目の前の若造のように、数年前から自分に仕えると言う先見の明と決断力を持ち、名家としての立場を利用した根回しもあれば、自分を大将軍にするための各種方策などを立案する能力が伴った者などそうそういなかった。

さらにさらに自分に対する忠義は本物（他に擦り寄る相手がいないからだと判断しているが、それでも問題ない）で、大将軍になったからと言っていきなり態度を変えたりはしない。そんな俺からの祝辞であるので、素直に受け取れると言うのもあるのだろう。

とはいえ、俺の目的は何進を大将軍にすることではない。それに、ここから下手を打てば周囲の連中はここぞとばかりに何進を引き摺《ず》り下ろそうとするだろう。そうなっては自分も巻き添えをくらってしまうので、さっさと話を前に進めたいんだがなぁ。

「それは良うございました。それでは、今後の方策について献策いたします。相手の動きは予想以上ではありませんが中々に速い様子。まずは初手で各将軍に対して明確な指示を出し、備えることが肝心です」

「……一気に現実に引き戻しやがって」

「夢を見たまま死なれても困りますので」

「……そうか。そうだな」

自分が現実を忘れる程に有頂天になっていたことを諫《いさ》められた何進は、一瞬面白くなさそうな顔をしたが、こう言う人間だからこそ、この若造は信用できるのだと思い直すことにした。

「いつもの閣下にお戻りになられたところで、献策いたします」

そして何進が正気に戻ったことを認識した李儒は、努めて抑揚のない声で献策を行う。

何進としては、自分の昇進さえも他人事《ひとごと》のようにふるまう目の前の部下の小憎らしい程冷静な態度に言いたいこともあったが、確かに今は李儒が言うように緊急事態である。

それも皇帝が自分を大将軍として任じなければならないほどの、だ。

その緊急事態の中、自分に阿《おもね》る連中に従って宴会なんぞを開いていたら、諸将からどんな扱いを受けるかわかったものではない。

軍人に必要なのは宴会を開催する余裕ではなく、敵を討ったという実績なのだから。

「おう」

そんな己の将来がかかった実績を上げる為の策を聞き流すなどありえない。真顔となった何進に対して、俺もいつもどおりに献策をしていく。

まぁ献策と言っても、大体は予想の範疇《はんちゅう》に収まっているので特に変更の必要はなさそうなモノである。だが確認を怠ると痛い目を見るということは主従揃ってわかっているので、軍議を行うために用意された漢全土の地図を見る何進の表情も、さっきとは打って変わって真剣そのものだ。

「まず党錮の禁の解禁を帝に訴え、名家閥へ貸しを作りましょう」

「貸しねぇ。使える奴は使うってのと、宦官連中に対するあてつけもあるんだろう？」

「否定はしませんよ」

「はっ。ぬかしやがるぜ」

前述したことではあるが、今回の乱には中常侍の封諝・徐奉が関わっていた事で、その周囲の人間のほとんどが連座で斬首となった。つまり一気に宦官の力が弱まったのだ。

ここで現在弾圧を受けている自称清流派に所属する名家の連中を党錮の禁から解放することで名家閥に恩を売り、宦官との戦いを有利にしようという策でもある。

ただ、それで名家閥の全てが味方になるわけではない。

向こうは基本的に何進を見下している連中なので、この程度の恩であれば「それくらい当然だ」と嘯《うそぶ》く者も居るだろう。というか大半がそうなるはずだ。

それらに対し何進は恩に着せることなく、また恩知らずと罵ることもしてはいけない。あえて普通に過ごすことで周囲に器の大きさを見せつけるのだ。

そうすることで何進は己の陣営に一人でも多くのまともな人間を引き入れることが出来る。

まともじゃない者？　そんなのは自分たちの派閥には不要だ。せいぜい違う派閥に所属して、政敵の力を削いでくれれば良い。

「面倒くせぇが、まぁ必要なことだろうな」

何進は自分に足りないものを理解しているし、何より今は非常時なので、個人的には面白くなくとも、そのくらいのことは我慢するだけの忍耐力を持つ。これが我慢を知らない名家や宦官どもと一線を画す何進の強みである。

ま、『非常時』が終わった後は、しっかりと処理することになるのだろうがな。

「それが終わったなら各方面への手当です。これは大きく分けて二通りですね」

「二通りだぁ？」

「はい。閣下が最初から手配を行うか、先に宦官や名家に譲るかです」

「……はぁ。なるほど。軍権も向こうの情報も握る俺が最初から全部手配すればこの乱はあっさり終わるだろう。功績の独占も可能だ。だが、それだと連中から『功績の独占』だけではなく『雑魚を退治しただけ』と言う難癖を付けられるわけだ」

「そうですね。どうせなら『強敵を打倒した』という方が閣下の評価も上がるかと」

「そりゃそうだな」

漢のことを考えれば、早期鎮圧こそが大将軍である何進が選ぶ道である。

だが後漢クオリティを舐めてはいけない。早期鎮圧すれば鎮圧したで文句を垂れてくる連中が居るのだ。具体的には今回の件で面目を失った宦官と名家。

彼らは自分たちの身内や自分たちが推挙した人間に累が及ぶ前に、自らの手でカタを付けたいという気持ちが有る。

対して既に洛陽での混乱を収めると言った抜群の功績を立てた何進にすれば、向こうに先手を譲っても良いと思うだけの余裕が有った。

なにせここで宦官や名家連中が用意した将軍が勝っても「功を譲ってやった」と言うことが出来るし、そいつらが負ければ自分が動いて終わらせることで、更なる功績を積める。

何より向こうに先手を譲ることで「不当な功績の独占」と言う言いがかりを受けずに済むのは有難い話だ。

「なら先手は連中に譲るか。話の持って行き方としては『こちらには既に賊を鎮圧する為の腹案が有るが、そちらはどうだ？』って感じで良いな？」

「ですね。向こうに腹案があればそれを使い、なければ閣下が動く。それでよろしいかと」

普段から見下している何進からの提案は、連中の自尊心だけではなく何進にこれ以上の手柄を立てられたくないという気持ちも煽《あお》ることになるだろう。

そうなった場合、宦官や名家の連中が「自分たちに腹案はないからそっちで頼む」等と言うはずがない。

結果として情報も何もない中で将帥を自分たちの派閥に所属する人間から選び、準備不足のままに出陣させ、当たり前のように負けるだろう。

何より今は乱が起こったばかりで相手も食糧などに不安はなく、その士気は極めて高いのだ。そんな連中に馬鹿正直に正面から当たる必要などない。

本命が仕掛けるのは連中が一度戦をした後が上策。

これにより下の兵士が勝利に酔い、上層部が戦後処理の煩雑さに頭を抱えているところを打ち崩すのだ。

それに俺としても、一度官軍には負けてもらわないと地方の民や軍閥が動かないかもしれないので、ここは向こうに先手を譲ることを承認してもらいたかったと言うのもある。

「では連中が人材を選ぶ前に、こちらで最低限優秀な人材を抱え込みましょうか」

「だな。いきなり指名して『さぁ行け』って言うわけにも行かねぇだろうしよ」

戦に限った事ではないが、何事も段取りと言うものがある。下準備を怠っても良いことはないし、連中が向かわせる人員によっては普通に勝ってしまうかもしれない。

そういった事情なので、まずはその可能性を潰すために動く。

こっちは元々腹案が有ると言って準備しているのだ。プライドだけが一人前以上の彼らは、何進が用意している人材を引き抜くような真似はできないし、俺も簡単にそんなことをさせるつもりはない。

「まず冀州鉅鹿方面。黄巾党の首領である張角が居るであろうここに対しては、賊の討伐実績が有り、鉅鹿に近い幽州が出身地でもある盧植殿を当てるのがよろしいかと」

「あぁアレか。まぁ問題はねぇだろ」

何進としても同じ侍従である盧植のことは知っている。政治には疎いが戦は自分よりも理解しているし、幽州出身と言うことで地元の連中も味方しやすいと言うのも有ると考えれば、特に反対する理由はない。

「次いで豫州潁川。こちらは皇甫嵩殿と朱儁《しゅしゅん》殿がよろしいでしょう」

「ほほう。朱儁はともかく皇甫嵩か。確かにアレの叔父は有名だが本人には大した実績はないぞ？……しかし奴は帝が自分で招聘《しょうへい》したお気に入りって考えれば、軍権を預けても良いかもしれねぇな」

賊討伐の実績がある盧植や朱儁とは違い、それらを持たない皇甫嵩の起用には多少思うところもあったようだが、何進の権力は帝が居てこそのモノである。なので、帝の機嫌を取るのは悪いことではない。それに失敗したら罷免して別の人間を出せば良いだけの話だ。

「南陽に関しても、同じく潁川に向かった二人に相手をさせても良いでしょう。あとは現場の判断です」

「まぁ近いっちゃ近いからな」

潁川は豫州で南陽は荊州といった感じなので、軍勢の進路的には州を跨《また》ぐ形にはなるが、地図の上では潁川から少し（中国的距離感。北海道民の少しの数倍）南西にいけば南陽である。ならば新たな軍を組織して派遣するよりは、朱儁と皇甫嵩の軍勢を増強する方がてっとり早いし、何より処理が楽だ。

後回しにされた南陽の民に関しては……放置一択。

何でもかんでも一気に対処するのは不自然だし（決して不可能ではないが）取捨選択を行うのが大将軍の仕事である。

念の為に帝から「洛陽に近い潁川を優先するように」と言う勅を出させれば尚《なお》良い。官軍も名家も（基本的には漢に居る全ての者だが）勅には従わねばならないので、この件でもって「南陽を見捨てた！」と言って何進を咎める者は居ないだろう。

「司隷周辺は……特にありませんね。私が官軍を率いても良いですし、他の者に功を立てさせたいと言うのであれば閣下の子飼いの者に任せても良いでしょう」

「他のヤツねぇ」

献策を受けた何進は顎鬚《あごひげ》を撫《な》でながら脳裏に司隷の地図と、己の傘下にいる者たちの顔を思い浮かべる。

首都である洛陽がある司隷は帝のお膝元でもあるし、潁川や南陽に比べて（他のどの州と比べてもだが）かなり裕福であるので、暴徒と化してまで略奪をしなければ生きてけない！　という民は非常に少ない。その為今回の乱では、潁川の連中によって唆《そそのか》されて、便乗して暴れる者が出る程度と予想されていた。

それらを鎮圧すれば小さいながらも手柄になるし、司隷に乱が及ばなかったのは帝のご威光です！　だとか、乱を起こさなかったことが手柄である！　と言う論法にすり替えれば、賊を討伐しなくともいくらでも功績を作れると言うのが現状だ。

その為「手柄を立てさせたい奴が居るならソイツに回せ」と言うのが司隷方面における俺の意見となる。

この「何が何でも自分に手柄を！」とがっついてこないところも、李儒が何進から高評価を得ている理由の一つだが、李儒にしてみれば「自分は十九にしては十分な役職に就いているから、今のところは昇進に拘《こだわ》る必要はない」と思っているだけのことであったりする。

まぁ儒の教えである「足るを知る」と言う意味で考えれば、今の李儒はまさしくそれだ。その為何進が彼を評価するのは当時の常識的にも間違ってはいないと言うのが、何とも言えないところであろう。

閑話休題

「とりあえず司隷に関しては名家連中にもおこぼれをやるとしようか」

「……連中はそれで恩を感じるような殊勝な性格はしておりませんが？」

当たり前のようにそのおこぼれを受け取って、当たり前のように自分の功を誇るだろう。その際に何進から何かをしてもらったなどとは絶対に言わないと言うのはわかりきっている。

後からそれを不満に思われて「お前が名家担当なんだからしっかり手綱を握れ」的なことをグダグダ言われても困るので、李儒も釘を刺すのを忘れたりしない。

「それくらいは知っている。あくまで功績を独占しないためだ」

「あぁ、なるほど。それなら問題ありませんな」

なんのことはない。賊の討伐に失敗したままでは燻った連中がどう動くかわからないので、多少のガス抜きをさせてやろうと言うだけの話か。

俺としても名家に対する恩が云々《うんぬん》ではなく、何進なりに世の中を見た処世術と言うならば文句はない。なにせ何進は俺が幕下に入る前から、この洛陽と言う権力の泥沼を泳いでいたのだ。そのため何進の泥の中を見通す目や、空気を読む能力に関しては俺を遥かに凌駕《りょうが》するってことは理解している。

もしこれが、さっきまでの浮かれていた様子だったら警告もしただろうが、脇を締め直した何進に対しては戦略や戦に関するアドバイス以外の必要はないだろう。

元々何進という傑物が得意とするのは政略や謀略であって、軍略ではないのだ。

故に何進が大将軍として乱を纏めるためには軍略を理解している俺の能力が必要不可欠だし、何進が出世をすれば自分も引き立てられるとわかっている俺も何進を裏切ることはない。

漢を揺るがす黄巾の乱も、その経緯を知る人間からすれば全ては盤上のことにすぎん。

そしてこの乱の真相を知る者は俺たち二人しかおらず、この乱によって名を上げるであろう数多《あまた》の英傑たちも、自分が俺たちの用意した盤上に上がった駒だと気づくことはないだろう。

直近では洛陽の宦官と名家。主要かつ経験豊富な将を用意出来ない連中が誰を派遣し、その軍勢がどうなるのか。

少なくとも洛陽の中でしか生きられない宦官や、政治闘争に明け暮れる名家の連中が夢想するような圧倒的な勝利はないのが確実だ。

彼も知らず、己も知らない者が行き当たりばったりで計画を立てたところで、勝てる戦などない。

情報を制する者が世界を制する。これは何時《いつ》の世も変わらぬ絶対の摂理だと理解するがいいさ。

中平元年（西暦一八四年）六月　洛陽・大将軍府

予定通り……と言えば良いのか、名家からの推挙によって中郎将となった崔烈《さいれつ》が潁川で敗れ、宦官が推挙した張純《ちょうじゅん》もまた冀州方面で敗れた為、帝から正式に乱の鎮圧の勅を受けた何進は名家や宦官の邪魔を受けることなく予定されていた将を各地に派遣。

初戦には勝利したものの、度重なる戦の連続で疲れが見えてきた賊を相手に、各地域に派遣された将軍たちは順調に成果を上げていた。

そうして現在漢帝国の各地で、その特徴から黄巾賊と名付けられた連中と官軍の戦が繰り広げられている中、大将軍府に想定外の報告が届けられていた。

「くそっ！　盧植の阿呆《あほう》がっ！」

朱儁と皇甫嵩が率いる官軍が潁川の黄巾党を完全に制圧し、これから朱儁が南陽に、皇甫嵩が兗州の平定に乗り出そうという時に、なんと皇帝陛下その人から、冀州を担当していた盧植に対して罷免の命令が下ったのである。

如何に何進が軍権を預かる大将軍といえども、帝の命には逆らえない。故にこの人事はもう決定事項となってしまった。

「連中の横やりはある程度予想していたことでもありますので、ここで盧植を罷免することの是非は論じません。ですが、罷免の理由が酷いですな。まさか陛下が派遣した小黄門・左豊《さほう》に対して付け届け《賄賂》の支払いを拒否したことで讒言《ざんげん》を受け、帝からの叱責を受けたため……とは」

俺もこの話は聞いたことがある。と言うかてっきりこれは演義でのことであって、劉備やら張飛《ちょうひ》の見せ場を作る為に創られたありえないお話だと思っていたのだが……どうやら清流派という連中はノンフィクションで物語になるレベルの阿呆揃いらしい。

「あぁそうだ！　あの阿呆、宦官連中が監察官として来たなら、付け届けを要求することなんざわかり切ったことだろうが！　さっさと適当に経費から出して、後でこっちに請求すりゃあ良いだけだろう？　奴の自己満足のせいでどれだけの時間と金と兵糧が無駄になると思ってやがる！」

「事後処理を考えるだけで憂鬱になりますな」

何進が怒るのも当然だ。

現代日本人的な考えをすれば「賄賂は悪いことだ」と言って、賄賂を要求した人間を吊るし上げれば済む話だが、この時代の、この国では前提条件がまるで違う。

物事を円滑に進める為の付け届けは常識だし、皇帝《絶対権力者》から直々に派遣された監察官である左豊を軽んずることは皇帝を軽んずる事と同義。

それに今回の乱を平定するに際して、大将軍府で用意した経費の中には接待費のようなものも含まれている（この時代の将軍や指揮官は軍議の後などに親交を深める為に宴会を開くこともあるし、地元の有力者との話し合いも必要なこと）のだから、今回もその一環と考えればそれで済む話ではないかって感じだな。

盧植は宦官である左豊を嫌ったのかもしれないが、そんなのは個人の感情でしかない。将帥の仕事は軍務を円滑に進めて戦に勝つことであると考えれば、我慢の一つも出来ない彼に文句を言いたくなるのは当然だ。

さらに言えば……

「これで数万の兵が足止めを食うことになりましたな」

「あぁそうだ！　あの阿呆が多少の経費をケチったせいで、その数百倍の金と兵糧が飛ぶっ！　これだから現実が見られねぇ清流派ってのは嫌いなんだよ！」

そう、何進が憤っているのはコレだ。元食肉業者である何進にしてみれば、食物を無駄にする軍隊ほど腹立たしいものはない。

名家や儒教に染まった者には「金を汚らわしいモノ」と考える風潮があるので、頭の先まで儒に染まった盧植には理解できない考えかもしれないが、将師として考えれば兵糧の重要性は理解できるはずだ。

それに新たな指揮官の派遣や、それに伴うやり方の変更もあるだろう。軍隊とは「頭をすげ替えたぞ。さぁ気分を一新して戦え！」と言うわけにはいかないのだ。特に将師の資質に頼るところが大きい古代中国の軍勢なら尚更である。

つまり、今回の件でどれだけの金と食糧を無駄にすることになるのか理解していない盧植と言う人間には、将師として問題が有るという事だ。ならばそれを推挙した人間にも罪は及ぶ。

「私が完全に人物を見誤りました。誠に申し訳ございません」

そう。忘れてはいけないが、冀州方面の将師として盧植を推挙したのは李儒こと俺だ。

まぁ実際俺が悪いとは思っていないのだが、推挙した人間が罪に問われるのも後漢クオリティである。ここで知らないふりをするわけにも行かん。

「いや、確かにアレを推挙したのはお前だが、アレは賊との戦に負けたわけじゃねぇからな。責任問題にはならねぇよ」

何進としてもこんな下らないことで知恵袋の李儒を失う気はないし、敗戦の責任を問うと言うならまだしも、盧植が賄賂を贈らなかった罪を問うと言うのもおかしな話なので、李儒を罰するつもりはなかった。

加えて、盧植のせいで莫大な損害が生まれることに違いはないが、言ってしまえば他人の金。個人的な苛立ちは有るが、腹心を切るような類《たぐい》のモノではないということも、ここで推薦者である李儒の責任を問わない理由である。

「ありがとうございます。では後任についてですが……どうなさいますか？」

「その、どうってのは何を指している？」

「一度広宗《こうそう》方面の軍を呼び戻すか否かという問いです」

「……あぁ」

ここで俺が後任を定めるより先に軍隊と戻すか？　と聞くのは、先程もちらりと言ったように軍隊と言うモノには将の癖が出ると理解しているからだ。例えば公孫瓚のように騎兵を重視しての速攻を旨とする戦い方をする人間も居れば、朱儁のように腰を落ち着けて手堅い戦をする者もいる。

それに軍の内部の人選も将帥が己の癖に合わせた人間を配置するのが普通だし、盧植もそういった編成を行っている。そこに盧植だけを外して、何の関係もない人間を送っても軍としての統率を取ることは不可能だ。

そのため、盧植の代わりに人間を送る場合は、盧植が準備した人員との交流があり、将師としての実績や能力に定評が有る者。

もしくは盧植に代わって問答無用で人員を従えることが出来る立場の持ち主、この場合は大将軍である何進自身か何進から委任状を受けた人間が必要になる。

だがここで何進が出ると言うのはありえないし、頭だけ挿《す》げ替えた軍が勝てるわけがないとわかっているのに、子飼いである李儒を差し向けるような真似をするほど何進は愚かではない。

つまりは、一度全軍を呼び戻して再編成をしなければまともな戦など出来ないという、極めて常識的な意見を述べているのだ。

しかし、戦を知らない宦官どもや、兵法書の中でしか戦をしない名家連中はそれらを理解できないのだろう。

「いや、後任は司徒の袁隗《えんかい》が董卓《とうたく》って奴を推してきた」

「董卓殿？　たしか幷州刺史や河東《かとう》太守を歴任した方でしたか？」

うん。知ってた。

とは言えないので、ここはあやふやな知識を見せる感じでいく。

しかしそうか。とうとう彼が来たか。

「そうだ。羌《きょう》族との戦いは百回を超えるし、賊の盗伐実績は十分あるって話だぞ」

「実績に関してはそうでしょう。しかし率いる将兵の質が違いすぎますよ？」

普段騎馬民族を相手に戦う董卓が率いるのは、当然騎兵を主とする軍勢である。

対して官軍は歩兵を主とする軍だ。

この時点でかなり勝手が違うのに、さらにその軍勢は速さよりも着実に動くことを旨とした用兵を好む盧植によって編成された軍勢である。

ここまでくれば「狙ったか？」と疑いたくなるほど、董卓にとって最悪な軍勢である。

これはつまり先ほどのタイプで言えば、公孫瓚に朱儁の軍を率いらせるようなモノである。

間違いなくお互いの持ち味を殺すだろうし、まともな戦にはならないだろう。

（つーかこんな軍勢を任されたら、そりゃ董卓も負けるわな）

史実において董卓が黄巾に負けた理由がわかって幾分スッキリする俺だったが、何進としては約束された負け戦に、今から頭を抱える思いだろう。

「そうだな。まぁそれが理解できねぇから連中は阿呆なんだ。袁隗にしてみりゃ俺に対するあてつけも有るだろうし、董卓に恩を売ったつもりかもしれねぇがな」

付け加えるならば、黄巾の乱の初手において名家が薦めた崔烈は負けたが「自分の手駒はまだ居るぞ！」というアピールも兼ねた人選といったところだろうか？

だが今回に限って言えば袁隗の人選は明らかに失敗だ。

「恩ですか。どう考えても逆に恨みを買いそうですな」

董卓の立場で考えれば「こんなわけのわからねぇ軍を率いらせて一体何のつもりだ！」ってなる

わな。これじゃ袁隗が己のキャリアに傷を付けようとしているようにしか見えんよ。

「そうだな。だがまぁ俺としては袁隗の顔を潰した上で、董卓に対して恩に着せることが出来るんだ。特に文句はねぇ」

「犠牲になる兵士の治療や葬儀。失われる装備品についての補塡《ほてん》が面倒ですが?」

「お前に任せる」

「……はっ」

俺としても、別に董卓が負ける分には別に構わんのだ。自分たちが推挙した皇甫嵩や朱儁は勝っているし、盧植も負けたわけではない。

左豊がいくら騒いでも皇帝の外戚である何進には届かないし、何進が俺を切る気がないなら後は関係ないと言い切れる。

だが大将軍府としての仕事は別。指揮官が誰であれ、戦をするのが官軍であるならば戦における損害やら何やらを計算するのは大将軍府である。

そして損害とは人的被害だけではない。

と言うかこの時代、わざわざ死んだ兵士に補塡をするような制度はない。一応正規軍である官軍の場合は多少の慶弔金のようなモノが出るので、その確認作業もあるのだが……一番面倒なのは装備だ。これを全部回収できれば良いが、これが中々難しい。

生き延びた兵士の分はまだ良い。他の兵士の目があるから粛々と返却されるのが常だ。だが死んだ兵の分は同じ軍の兵士や敵によって回収されたり、生き延びた兵士の財産扱いにされてしまい、返還されないケースが多い（指揮官もボーナスのような扱いで目こぼしをする）。

基本的に官軍の装備は高価なので、向こうも喜んで回収することだろう。

そうなると待ち構えているのは資料と実際の装備の差異を確認する作業。すなわち書類地獄である。

竹簡だから書類じゃない？　細かいことは良いんだよ！

まして今回は約束された負け戦だ。董卓が苦戦する程度なら良い。史実で負けたと言っても、軍勢が崩壊するレベルではないはずだから、その損害はおそらく多くても数千だろう。逆に言えば数千人分の武器や防具が行方不明になるということだ。

知らなければ良かった。所詮は可能性だと切って捨てることもできるだろう。

だが俺は敗戦が濃厚《ほぼ確実》であることを知っている。

史実がどうこうではなく、これまで蓄えた自らの知識と経験から、董卓が負けることを確信してしまっているのだ。

そして董卓の敗戦と損害を知って経理を担当する人間が顔を真っ青に染めるのもわかるし、彼らに応援要請をされて自分が主席みたいな感じで処理をさせられることになるのも、決して遠い未来ではないと言うことも理解できてしまった。

「あ、閣下。そういえば私、弘農《実家兼任地》に忘れ物をしておりまして。これから数ヶ月ほど留守にしたいのですが……」

そのため俺には自分の仕事が有ると言うことで（実際今の俺は弘農郡の丞なので、向こうには仕事が有る。まぁ洛陽でも出来る仕事だが、決して嘘《うそ》ではない）なんとか洛陽から離れようと画策してみる。

しかし残念ながら何進はそこまで甘い人間ではなかった。

「ダメだ」

有無を言わせぬ強権発動である。

と言うか何進だって負け戦の際の経理の煩雑さは知っている。それに大将軍府としてもさっさと董卓の次の人員を考えなければいけないのでその作業も有る。

つまりこれから忙しくなるのだ。しかし何進個人としては袁隗を始めとした名家連中を追い落とす機会を逃すような真似をする気はない。

「ダメと言われましても。と言うか私は大将軍府に所属する主簿《会計係》ではないのですが……」

「諦めろ」

「……はっ」

そう。自分が宮廷工作に専念するためにも、何進には約束された地獄《敗戦処理》から逃げようとする李儒を逃がす気はなかった。

中平元年（西暦一八四年）八月　洛陽・大将軍府

董卓敗戦。洛陽に当たり前のように届けられた報に対し、俺以下大将軍府の面々は粛々と事務処理に当たっていた。

向こうから届けられた報告によると損害はおよそ九千。そのうちの死者は三千で負傷者が六千らしい。そもそも最初に盧植に任されて洛陽から派遣された軍勢は、潁川方面に向かった皇甫嵩や朱儁と同じく四万の軍勢だったことを考えれば、今回は二割以上の損害を出したということになる。

地元の義勇軍？　あんな連中は数には数えん。むしろ装備や練度が違う上に軍規に従わない連中がいては指揮系統が狂うから、連中は黙って町や村を守っていろと言いたい。

そんな足手纏いにすぎない、自称『国を憂いた勇士による防衛軍』こと義勇軍については良いとしても、だ。

「「…………」」

今回の報告は一度の決戦で出た損害ではなく、およそ一ヶ月続けられていた戦の中でのことを纏めたものなので、これが正真正銘の最終報告となる。つまりこれからさらに損害が増すことはない。

そんでもって、この度の董卓の敗因は盧植が罷免されてから董卓が派遣され、さらに董卓が軍部の掌握を行っている間に向こうに籠城の準備を整えられたことと、董卓には盧植の軍の掌握が完全に出来なかったことだろう。まぁ知っていたことではあるけれどな。

「……李儒殿、手が止まっておりますぞ」

「あぁスミマセン」

俺は主簿じゃねぇ！　と言うか大将軍府に所属しているわけでもねぇ！　と言いたいところだが、今の俺は自他ともに認める何進の子飼いであり、何進から「やれ」と言われている以上はそんな言い訳は通用しない。

血走った目で計算を続ける先輩に頭を下げながら（官位役職の上では俺の方が上である）書類を捌《さば》くことおよそ半月。

同僚たち（俺の場合厳密にいえば所属は違うので同僚ではないが）が、「ようやく作業が終わったー」と言う言葉と共にイイ笑顔で倒れこむ中、李儒は何進による呼び出しを受けていた。


〜〜〜〜〜〜〜〜〜〜〜〜〜〜〜〜〜〜〜〜〜〜〜〜〜〜〜〜〜〜〜〜〜〜〜〜〜〜

洛陽・大将軍府・執務室

「李儒。お呼びにより参上致しました」

「おぅ。入れ」

「はっ」

本来ならば大将軍閣下との面会にはもっと面倒な前置きが有るのだが、何進自身が正しい前置きを知らないし、何より呼び出す度にそんな事をするのは面倒なので、李儒にはそう言った儀礼は無視することを許可している。

そして李儒が部屋の中に入れば、そこには部屋の主《あるじ》である大将軍である何進と、見たこともないゴツイ武官が……ってあぁ。コレが董卓か。

本来であればもっと自信満々で居丈高な態度なのだろうが、今回は敗戦の後だから多少委縮しているのだろう。それと俺も蒼天○路的な印象が強かったから気付かなかった。

しかしこの場にあっても、実戦で鍛えられた武官としての雰囲気は隠しきれていない。火薬の臭いはないが、辺境の黄砂に揉まれてきたのだろうことは一目でわかるほどの偉丈夫だ。

そんなこんなで俺が初対面の董卓に抱いた感情は、一言で言えば「むせる」だな。加えてこの体格を見れば馬上でも両手で弓が引けると言うのも誇張ではないのだろう。

だが相手が悪かったな。今の貴様では今の俺には勝てんぞ！（疲労のため錯乱中）

「大将軍閣下に於かれましてはご健勝のことお慶《よろこ》び申し上げます。そしてそちらにおわすお方はお初にお目にかかります。私が見たところ董卓将軍閣下とお見受けいたしますが、相違ないでしょうか？」

「む？　あ、あぁ。確かに私は董卓ですが……」

大将軍への挨拶もソコソコに自分に話しかけてきた「李儒」を名乗る文官の態度に「これ、良いのか？」と何進を見る董卓だが、当の何進は面白そうなモノを見る目で二人を見るだけで、咎めるような気配はない。

「丁度良かった。では閣下、こちらを確認して下さい」

なんとも言えない微妙な感じを抱かせる何進の視線もなんのその。

俺はさっさと仕事を終わらせたいが故に、何進の態度を当然のように受け流して、腋に抱えていた《半月の苦労の結晶》三つの竹簡を董卓へと手渡した。

〰〰〰〰〰〰〰〰〰〰〰〰〰〰〰〰〰〰〰〰

「か、確認ですか？」

「そうです。確認です。あぁ万が一これを破壊されても写しは作っているので問題ありませんよ」

「そ、そうですか」

董卓にしてみれば名家出身者にありがちな長ったらしい前置きも嫌味も何もなく、それどころか挨拶もそこそこに、いきなり竹簡を手渡してくる李儒の行動の意味がわからないし、何進がソレを黙認しているのがもっとわからないといった感じであった。

そもそも自分は「今後の扱いについての話がある」という名目で何進に呼び出されたのだが、コレはどういうことだ？

脳裏に疑問符が浮かぶものの、ここは政治の伏魔殿である洛陽において一つの勢力を形成している大将軍の眼前。加えて李儒といえば何進の懐刀にして神童と謳われる男である。

洛陽の噂に精通しているとは言えない董卓であっても、何進がここまで出世出来たのは彼が居たからだという噂があるのは知っているし、洛陽に持つ数少ない伝手である人物からも「洛陽に於いて何進よりも気を付けねばならない男は李儒だ」と散々注意を受けてもいたので、全くの無警戒というわけではなかった。

……実を言えばこれまでは「文官如き何するものぞ」と思っていた董卓であったが、いざ本人を目の前にすると、何というか、この、数日徹夜した後っぽい疲れ切った顔から発せられる「さっさと確認しねぇと殺すぞ」と言わんばかりの眼光と雰囲気には逆らい難いモノを感じるのも事実だ。

「ん？　あぁ、もう終わったのか？」

「えぇ。本来なら董卓閣下に確認をしてもらう前に大将軍閣下にお見せして、その後で大将軍閣下から董卓閣下に確認を取るのでしょうが……ぶっちゃけて言えば二度手間ですからね。ここで董卓閣下が確認して大将軍閣下の前で認めてくれれば、さっさと決裁して処理に入れます」

「……ぶっちゃけすぎだ」

「ハハハ。今更でしょう？」

「それもそうだがよぉ」

「ご理解頂き恐悦至極。私としてはさっさと確認を終わらせて、処理に移りたいのですよ」

まぁその前に二日は寝ますけどね。と虚《うつ》ろな笑いを浮かべる李儒に、董卓は内心でドン引きする。

それは別に李儒が浮かべる空虚な笑い顔に引いたのではない。

いやまぁ確かに、それも有るのだが、本当に引いたのは彼が言い放った言葉についてだ。

ここで彼が言っているのは己の敗戦処理についてであろうことは想像できる。

だが一言で敗戦処理と言っても、その処理は実に多岐に亘《わた》るものだ。

まずは功罪。

無論、敗戦である以上、敗因はある。それを作った者への懲罰等も有れば、敗戦とは言え功が有る者もいるのでそれに見合った褒美を与えるのは組織として当然の話だろう。

敗戦の中で功労者を探すというだけでも面倒なのだが、さらに面倒なのは使われた兵糧や返却された装備・馬等の確認だ。

これが厄介と言われるのは、先述したように装備のちょろまかしだけでなく、兵糧もちょろまかしがないかどうかの確認が必要だからだ。

董卓は今回の戦で余剰分の兵糧の一部を兵士に分けても良いと言う許可を得ていたのだが、大将軍府ではそれに使った分と普段からの兵糧の使用量を確認した上で、過不足の確認をしなくてはならないのだ。

……数万の軍勢が消費した兵糧のチェックを行うという作業が、想像しただけで気が滅入る作業であることは常識だ。

そしてそんな面倒な作業を行うだけでもアレなのに、こうして最終確認者である何進の下にその資料を携えて来たと言うことは、すでにそれらの作業の一切合切を終えたと言うことを意味する。

だが、それがわかるからこそ董卓は「信じられない」と言う思いに包まれてしまった。

これが自分の負け戦だけならまだ良い（それにしても早すぎるが）。

しかし黄巾との戦をしているのは自分だけではない。別の地域で戦う皇甫嵩や朱儁もそれぞれの功績を報告してきているだろうし、不足分の兵糧や物資の催促だって来ているはずだ。

その上で自分に代わる新たな軍勢の編成や物資の用意もある中、急ぎでもない敗戦処理に関する事案を取りまとめるのは異常だし、通常これらの作業と言うのは少なく見積もっても数ヶ月から一年は必要な案件だ。

そんな作業を、自分が帰還してから半月たらずで終わらせたと言うのか？　他の戦線に何ら悪影響を出さないようにして？

そして何進の目の前で自分にこの資料を見せると言うことは、中央の文官にありがちな武官の功績への横槍のようなものもしていないし、内容に誤りを指摘されても構わないと言う自信の表れとでも言うつもりなのだろう。

功罪や兵糧。さらに戦死者や負傷者に対する補填等々、簡単に考えただけでも面倒事が満載の敗戦処理がこれほど早く終わったという事を理解した董卓は大将軍府の仕事量と処理速度の速さに驚くほかない。

　しかし李儒に言わせればその認識は前提から間違っている。

　なにせこの時代の文官共は、能力がないというのもあるのだが、それ以前に無駄な行動というか、無駄に名族意識が強くて仕事を勿体《もったい》付《つ》けて行う癖があるのだ。

　具体的に言うならば、この時代の文官とは、賄賂を貰って動く自動販売機みたいなモノと思えば良いだろう。あの高速道路に有るうどんとか作るアレだ。賄賂を貰わなければ動かないのが常態化しているし、手当がなければ仕事が遅いと言うのもあった。

　そんな連中に対して「有給？　残業代？　差し入れ？　付け届け？　ナニソレ？」を地で行く社畜の李儒が情けを掛けるはずがない。

　当初何進を侮りまともな仕事をしなかった文官共に対し、何進《しゃちょう》という明確な権力を後ろ盾に持った李儒は「グダグダ抜かすな。良いから働け。付け届け？　職務怠慢で死ぬか？」と真剣《真剣を首に当てて》に彼らに仕事をさせることから始めた。

　もちろんどこにでも阿呆という者は居るもので、仕事をするよう促す李儒に対して家の権力だかなんだかを声高に叫び、仕事をサボろうとした者も居た。

　しかしそんな阿呆に対して李儒が行ったことは、後ろ盾に忖度《そんたく》した妥協……ではなかった。李儒は阿呆を命令不服従及び職務怠慢の罪でならした後、物理的に首にしたのだ。

　何人かの阿呆を見せしめの意味を込めて何度か処刑したことで、李儒はサボり癖のある文官たちからは心の底から恐れられる存在となり、普段から真面目に仕事をしていた者たちからは崇拝される事になった。

結果として今大将軍府にいる文官たちは、与えられた仕事をサボったり、勿体付けて行うことを悪とし、仕事が溜まる前に処理をするという、当たり前のことを当たり前に出来る集団となっていった。

そのせいで、本来大将軍府に関係ないはずの李儒が大将軍府の文官筆頭のような扱いを受けるのは、まぁ自業自得と言えなくもない。

そんな期せずして大将軍府に全身が浸かっている李儒の扱いはともかくとして、話を今回の処理についてに戻そう。

元々董卓から上げられた報告は現場から上がってきたものである。

現場士官が上げてきた報告書類には名家連中のように虚飾に塗《まみ》れた文章を書く事もなく非常に簡潔に纏められていた為、普段洛陽で名家の相手をしている文官衆からすれば、作業自体はそれほど面倒な仕事ではなかった。

また、兵糧に関しては大将軍府から監督官も派遣していたので書式もきっちりとしていた為、洛陽での作業自体は決して多くなかったというのも有る。

ただ面倒だったのは、大将軍府の監督官を通さない報告だった。

たとえば、名家閥の人間が付けてきた軍監による報告は、実際に戦をした様子がどうこうではなく「〇〇家の人間が～」だとか「〇〇の子は～」などと言ったように、無駄に家や個人を賞賛するものが多く、資料としてはまったく役に立たないモノもあったりしたのだ。

さらに報告を纏める際にダブリが有ったかのような数字の異常や、誤字脱字。後は細かい数字や単位（五人が五十人とかの違いは結構ある）についての真偽の確認に時間が掛かった程度である。

それでもなんだかんだで半月ほどの時間と労力を掛けて作られた資料だ。

その内容は基本的に日付順に纏められており、更に董卓が上げた報告と監察官が上げた報告の矛盾点などを指摘しており、他者から見た己の行いがどのようなモノだったかを簡潔かつ客観的に俯《ふ》瞰《かん》出来るようになっている。

（これが李儒、か）

「これこそ報告書だ！」と言わんばかりの完成度を誇る竹簡を見せられて、董卓はその内容と製作者であろう男に対して純粋な驚きを覚えていた。

そもそも李儒と言う人間に対しては、今回の戦に参加している諸将からの評価は極めて高かったのだ。

それと言うのも、乱の当初は外戚と言うことで大将軍となった何進に対し、諸将は「所詮は肉屋の倅。兵法など理解はしていないのだから邪魔だけはするな」と見下していたところがあった。

それが戦の前に外戚と言う立場を利用して、帝に対し党錮の禁の解禁を提言するなどと言った配慮を見せたり、名家や宦官によって選出された将が負けて戻った際に、周囲の予想とは裏腹に連中との足を引っ張ったり揚げ足を取るなどと言った政争を行うことなく、乱を収めることを最優先とすると言って精力的に軍議を開いたことで軍部からの評価を高めた。

さらに、その軍議において、諸将に対して正確な情報と予測に基づく的確な指示を出した上で、物資や相手の情報を一切誤魔化さず、欲しいモノを欲しいだけ（必要なモノを必要な分だけ）用意していたことで、その評価はさらに上がった。

極めつけは何進が諸将に対して「名家だの宦官との折衝はコチラで行う。諸将は賊を討つことだけ考えてくれればいい」と訓示を出し、その言葉通りに全ての面倒な手続きを完了させ、盤石な後方支援を遂行していることだ。

皇甫嵩や朱儁も後方に不安がないということでかなりのやりやすさを覚えているし、帝の命で更迭された盧植も何進の仕事振りに対しては一切文句がない状態であった。

かく言う董卓も、最初から何進に「袁隗の横槍を防げなかった。面倒をかけて済まねぇな。出来るだけ支援はするから無理はするな」と言われていたし、実際に洛陽からの支援が滞ることはなかった。更に言えば今に至るまで敗戦の責を問われるようなこともない。

何進が謀略や政略に長けていると言うのは知っていたが、ココまで軍の運営に対する知識が有ると思っていなかった諸将は、外戚としてではなく『大将軍』としての何進を評価することとなったのだ。

しかしながら彼らはこれの全てが何進個人の能力であると見ることもなかった。

誰かが何進に入れ知恵をしているのは確実だからだ。

そこで誰が入れ知恵をしているのか？　と皆が何進の周囲を探った際に浮上してきたのが、数年前に進の下に出仕した「李家の神童」こと李儒であった。

なにせ彼が何進の配下となってからというもの、河南（洛陽）に於ける治安は目に見えて向上したし、各部署の仕事の処理速度も劇的に向上したという実績まである。

このとき清流派（反宦官勢力）だの濁流派（親宦官勢力）に所属したくない名家の者たちを抱え込み、職を与え、その家柄ではなく成果に対して評価をさせることで、何進は名を高めている。

そして今回、党錮の禁から解放された者たちからも一定の評価を得ていることから、今では名家閥の中に何進派と呼ばれる派閥まで形勢されつつあるくらいだ。

それらが積もり積もった結果が今の何進の立場《押しも押されぬ大将軍》だと言うのは衆目の一致するところ。

つまり李儒とは、外戚の一人に過ぎなかった何進を大将軍に押し上げた功労者にして、信任の厚い懐刀にして、諸将にとっては恩人とも言える存在だ（物資に関してもそうだが、軍事に関して素人である大将軍に絡まれたり、宦官だの名家の権力争いに巻き込まれず無駄な行動をしなくて済んでいると言うだけでかなり助かっている）。

一応何進とて太守やら何やらを経験しているので、軍事について全くの素人と言うわけではないのだが、流石に漢全体に広がる軍勢の差配が出来るとは自分でも思っていない。

結果として大部分を李儒に任せることにしているのが現状なのだが、そもそも大将軍とは『使う者』である。故に、李儒を信じて任せるという決断が出来るというだけで、何進の評価が上がるには十分と言えるだろう。

そんな歪《いびつ》にして麗しい主従関係はさておくとして。

言うなればこの寝不足気味でテンションが危険な状態になりつつある男こそが官軍の生命線であり、袁隗によって切り捨てられそうな董卓にとっての命綱なのである。

「う、うむ。特に問題はないように思えます。私に異論はありませんぞ」

だからこそ、と言うべきだろうか。本来は中郎将である董卓の方が格上なので必要以上に謙《へりくだ》る必要はないのだが、実物を見て李儒という男に対しての評価を定めた董卓は、彼の機嫌を損ねないよう心掛けつつ報告書の内容を承認して李儒に返すことにした。

「そうですか。ありがとうございます。では大将軍閣下、ご確認を」

そうして董卓から竹簡を受け取った李儒は、そのまま何進へとソレを渡した。この態度からも「もうさっさと寝たい」と言うのが有り有りとわかるが、残念ながら何進は報告書の確認の為に李儒を呼んだわけではない。

「おう。ソレは預かる。で、今回お前を呼んだのは董卓の今後についてだ。さっさとお前の計画を話せ」

「……はっ」

何進の言葉に一瞬顔を歪めるも「仕事だ」と割り切って不満を己の中から消す李儒。そう、真の社畜とは不平不満を我慢するのではない、不平不満を認識しないのだ。

「某《それがし》の今後ですか？」

董卓にしてみればいきなり話を振られた形になるが、これは正しく死活問題だ。ここで李儒に倒れられては困るが先送りに出来る話題でもないので、李儒に「さっさと話せ」と言うような視線を向ける。

ずんぐりむっくりな何進と、筋肉モリモリな董卓からの熱い視線を受ける華奢な若者（この二人がごついだけであって、決して貧弱ではない）李儒。

見る者が見れば非常にアレな光景であるが、当然のことながらそこにツッコミを入れる者はこの場には居なかった。


〜〜


「まず董閣下には河東にて待機をお願い致します」

「……河東ですか？」

賊との戦で失態を犯した俺がお役御免になると言うのはわかるが、何故河東？

「ええ、どうも羌の方々が今回の乱に乗じて何やらしでかしそうな感じでしてね。さらに彼らを宦官の殺害に利用しようとしている者が居るようなのです」

「あぁ、なるほど」

俺が不思議そうな顔をしたのを読み取ったのだろう、李儒は本来なら機密に当たるであろう内容を開示してきた。

まぁ任地《むこう》に赴けば自然とわかることなので隠す必要はないとも言えるが「いいからとにかく行け！」と上から目線で言われるよりは、よっぽどマシな態度なのは確かではある。

それに羌が動く、か。

確かにそれは有り得ることよ。他の異民族もそうだが、連中は基本的に我慢と言うものが出来んし、羌も匈奴《きょうど》も鮮卑《せんぴ》も烏桓《うがん》も檀石槐《だんせきかい》の死によって後継者争いが勃発していると聞く。

連中としてはここで漢と戦うことで氏族の名を上げて、檀石槐の後継者を名乗ろうとしているのだろうよ。

それに便乗して動く奴もいると言うわけか。

……と言うか韓遂《かんすい》だな。涼州軍閥は洛陽の名家も宦官も嫌いだが、わざわざ羌を使ってまで宦官を殺そうとするのは奴くらいだ。

方法としては直接羌に殺《や》らせるか？　いや、流石に洛陽まで攻め込めると考えてはおらんだろうから、羌の存在を利用して洛陽に軍勢を集める口実とし、洛陽内部に居る軍部の誰かに宦官を殺らせるといったところか？

しかし何進にとって宦官は敵でもあるが妹の後ろ盾のようなモノだ。だからこそ、多少の数を減らして調節することはあっても、全滅は望んでおらんのだろうな。

「おわかり頂けたようで何よりです。異民族である羌の連中はともかく、涼州の軍閥が勝手気ままに動くようでは困りますからね。こちらからはおそらく皇甫嵩将軍を差し向けることになるでしょう。よって最初は董閣下には皇甫嵩殿の補佐をして頂く形となるかと思われます」

「……皇甫嵩殿が？」

涼州軍閥を相手にするのだから、伝手がある俺を使うのが手っ取り早いのは確かだろうさ。しかしここで皇甫嵩だと？

今のヤツは俺の後任として広宗の黄巾賊を相手にしているはずだが、宗教による信仰心を拠り所とする連中はまさしく死兵。

そうそう簡単には落ちんぞ？　それなのに現時点で奴の次の任地を決めるというのは些《いささ》か気が早いと思うのだが……何か掴んでいるのか？

「えぇ。広宗に居る黄巾の討伐は来月には終えるでしょう。その後、こちらで戦後処理を終えたら皇甫嵩将軍には涼州に向かってもらうことになるかと」

「は？」

今こやつは何と言った？

「もっと細かく言えば涼州遠征は彼が洛陽に凱旋し、全体の論功行賞が終わった後になります。よって出陣は来年の春先になる予定です」

「す、少しお待ちくだされ！　今月中に広宗の黄巾が終わるとは?!」

来年の出陣はともかく、あの黄巾どもが今月で終わるとはどういう事だ！

「あぁ、説明不足でしたな」

失敗失敗と言いながら頭を掻《か》く李儒だが、その目は決して笑ってはいない。

まるで俺と言う人間の底を観察しているような怖さがある。しかし俺とてその程度で怯《ひる》む男ではないぞ！

今まではここで無様を晒《さら》して何進に「敗戦の将が無礼だな。処刑だ」と言われるのは避けたいという思いから反省しているように見せていたが、その心配がないと言うならば必要以上に萎縮する必要もないだろう。

むしろこれから涼州軍閥の相手をさせるために己を河東に向かわせると言うならば、洛陽に居るうちに将としての器量を見せるべきだろうよ。つまりここは被っていた羊の皮を放り投げねばならん死地ということだ。

「……ほう」

そんな決意をして素の己を見せた俺に何を見たか、何進が横合いから感嘆したような声を上げる。

だが今の俺にしてみれば、重要なのは李儒だ。こいつの観察するような目は一体俺に何を見出《みいだ》す？

「……結構。では説明させていただきましょう」

結局、一瞬目を見開いたように見えた李儒も、これ以上の観察は不要と見たか、目を伏せて俺に拱手《きょうしゅ》を行い言葉を続ける。

「よろしくお願い致す（どう見たかは知らんが、失望はされなかったらしいな）」

自分が彼の目に適《かな》ったことを確認した俺もまた、撒《ま》き散らしていた威を抑えて拱手で応える。

一連の動きは、個人の官位で見れば董卓が上であるが、この場に置いては何進と言う後ろ盾がある李儒を立てる必要があると理解している為だ。

垣間見せた荒れ狂う程の野生と、それを完全に抑え込む理性。矛盾する二つを完全に両立させることが出来る董卓と言う漢《おとこ》は間違いなく一代の英傑であった。

「……結構。では説明させていただきましょう（さすがは董卓）」

一瞬のことではあったが、確かに目の前の男が見せた豹変《ひょうへん》に何進が驚いたように、李儒もまた内心で驚愕していた。

正直な話、今まで何進の前で萎縮していた董卓からは全く想像も出来なかったが、歴史に残る暴君と言うのはこれほどの野生を身の内に秘めているのだと再認識させられたのだ。

しかしそんな董卓を見ても、李儒は恐れ入るどころか「それでこそ」と内心で口元を綻ばせる。

彼が器を見せたのならば次は自分の番だ。

己の目的の為にも、彼に「取るに足らない若僧」などという評価をされても困るのだ。まずは下手に隠さずに高く評価してもらうように動くつもりだ。（実際はすでに董卓から高い評価を貰っているが）

さしあたっては今。

「まず来月中に戦が終わると言う根拠ですが……そもそも来月中に終わらなければ面倒なことになりますので、皇甫嵩将軍は如何なる犠牲を払ってでも来月中に黄巾を滅ぼそうとすると言う前提でお話をしております」

「面倒なこと？」

「ええ、具体的には食糧ですね」

「あぁ！」

俺に指摘され、董卓は本気で「今気付いた！」と言わんばかりの表情を見せた。この辺は地方に居た董卓ならわかりそうなモノだが、やはり兵糧には困らない官軍だったり、基本的に奪う側の人間だったから気付かないのかもしれない。

「元々今回の乱は馬元義による朝廷工作が失敗した結果、連中が焦って挙兵したモノです。つまり最初から準備不足でしたので、蓄えに余裕があったわけではないのです」

「……それはそうでしょう」

「その為、現在の黄巾連中は最後の蓄えを使って何とかやりくりしている状態となります。さらに今は八月。この時期は村や町から奪うにしても、どこも食糧が不足しておりますので略奪だけではどうしても大軍を養うことは出来ません。つまり今の連中は目の前の官軍の他に食糧不足という危機に見舞われている状態なのです」

「なるほど。しかし来月になれば……」

「そうです。早いところなら中旬には麦や米の収穫が可能になります。彼らが乱の最中に自分たちで食糧を栽培しているということはないでしょう。しかし、周辺の村や町から食糧を奪えるようになります。そうなれば彼らはまた息を吹き返すこととなるのです」

「確かに」

食糧さえあれば何でも出来る。と言うわけではないが、食糧があれば行動の幅が広がるのも事実である。

なので九月の中旬を越えれば飢えた黄巾の連中が食糧を求めて村を襲うことになるだろう。

なにせ連中は数十万の民だ。それらがすべて飢えた暴徒となり、四方八方に散らばれば広宗方面に展開している四万の官軍では抑えきれないのは明白。

わざわざ強調するまでもないことではあるが、食糧を得た敵が手ごわくなるのは常識である。それ以前に治安維持を目的として動いている官軍としては、連中に略奪を許した時点で面目を潰されることになる。

既に盧植と董卓が失敗している中でそのような失態を演じれば、皇甫嵩がどうなるかなど、火を見るより明らかではないか。

しかし今ならばどうか？　連中が全力で出てきても周辺に奪う物はない。そして食糧を持つのは目の前の官軍のみ。ならば連中が向かう先もまた官軍以外にないということになる。

結果として周辺の被害は抑えられるし、官軍も逃げる賊を潰すという手間から解放されると言うわけだ。後は食糧を使った罠《わな》でも何でも使えば良い。

そしてこれが出来るのは今月か来月だけだと考えれば、皇甫嵩も早期殲滅の必要性を理解するだろうし、自軍の犠牲を顧みない策を使う可能性は高い。

彼が自軍の損害に対する気遣いを捨てて、なりふり構わずに戦をするとなれば暴徒に後れをとることはあるまい。さらに皇甫嵩が有利になる情報がある。

「さらに未確認の情報ではありますが、おそらく冀州黄巾の首領である張角は既に死んでおります」

「はぁ?!」

今回の乱において、帝に名指しで討伐対象にされた張角が既に死んでいるという情報に驚く董卓だが、それも当然と言えば当然だろう。

……正確にはまだ死んでいないかもしれないが、それだって死んでいるか死の一歩手前かの違いでしかないはず。そして奇跡を使いこなして病を治したと言う張角が病に倒れたと言うのならば、その死が与える影響は普通に死んでいるよりも質《たち》が悪いかもしれない。

死因はストレス性のすい炎か胃潰瘍かなんかだと思うが、まぁ動けないなら死んでいると言っても過言ではないよな。

「その根拠もございます。実を言いますと、董閣下の帰還に合わせて向こうの統率が一時期大きく乱れた時がありまして」

「ほう」

「それに乗じてこちらでも複数の密偵を広宗に入れております。しかしここ半月の間、彼を見た者がいないのです。さらにこれまで積極的に行ってきた信者の治療も行っていないとか」

「密偵を？」

タイミングは嘘だが、実際に広宗に密偵は放っている。

なにせ俺の記憶では張角は皇甫嵩に負ける前に死んでいたハズだったからな。そのタイミングがわかれば、戦も楽に終わるだろうと考えて調査させていたのだ。

そして、その結果がコレ。

洛陽と向こうのタイムラグはおよそ七日。改めて急使が送られてこないことを考えれば、向こうでは少なくとも三週間は張角の姿は確認されていないということになる。

皇甫嵩にも同じ報告を送る予定だし、それが確定情報だと理解できたらあとは周囲に対して「張角死す」と声高に宣言するだけだ。

それで出てこなければ死亡したという情報が事実である証拠となる。

出てこないだけで生きていたらどうする？　という疑問もあるだろう。しかし、姿を見せられない時点で旗印としては死んだも同然。

実際に冀州の黄巾を率いているのは張梁《ちょうりょう》や張宝《ちょうほう》なのだろうが、奴等は指揮官にすぎない。結局のところ、広宗の黄巾にとっての旗印であり精神的な支柱は張角なのだから。

故に連中に張角の死を突きつけることが出来れば、あとに残るのは旗印であり信仰の対象を失った信者と、反漢（反宦官や名家）の意志を持った知識層に操られるだけの飢えた暴徒の群れとなる。

そんな集団が今更何をしたところで準備万端整えた官軍によって蹂躙《じゅうりん》されて終わるだろうよ。と言うか、蹂躙出来なければ罷免するしかない。

そして俺たちは皇甫嵩の勝利を完璧にするためにさらに一手を加える予定である。

「加えて私も向こうに行く予定です」

「ほう？　李儒殿まで？」

董卓はそう言って訝し気に俺を見てくる。

おそらく董卓の中では俺が勝ち馬に乗って武功を稼ぐつもりにしか見えんのだろう。確かにそれもないとは言わんが、残念ながらそれが主目的ではない。

「ええ。皇甫嵩将軍が確実に勝てるとわかれば、横やりを入れてくる連中が居るでしょう？」

具体的には武功が足りなくて焦っている宦官閥が再度どこぞの黄門を送りこんできたり、董卓が失敗したことで面目をつぶされた名家閥の連中が物資の補給を邪魔する可能性だ。

「……あぁ。なるほど」

俺の話を聞いて、しみじみと頷く董卓からは先ほどまでの訝し気な感じは消え失《う》せている。どうやら左豊によって自分の前任者である盧植が左遷されたようなことが、皇甫嵩にも起こり得ることを理解したようだ。

そうなんだよな。連中の嫉妬だの逆切れがどんな風に作用するかわからんから、それを防ぐために今回俺が軍監として動くことにしたわけだ。

「このような状況ですので、皇甫嵩将軍の勝ちは揺らぐことはないでしょう。しかしここで問題が発生します」

「問題？　あぁ、南陽ですか」

それもそうだが、やはり董卓は武官だよな。洛陽の澱《よど》みを理解できていない。

「いえ、皇甫嵩将軍が手柄を立て過ぎるということです」

「は？」

皇甫嵩が手柄を立てて何が悪いというのか？　まさか何進が彼の手柄に嫉妬するとでも言うのか？　そんな感情を込めて董卓がチラリと何進を見れば、視線を向けられた当人は「俺じゃねぇよ」と苦笑いしている。

「嫉妬するのは大将軍閣下ではありません。むしろ大将軍閣下にしてみたら軍部の功績は望むところです。今回は閣下に得をされて困る者たちが動くのですよ」

「困る者？　名家と宦官ですか？」

今まであえて洛陽の政治に関わらないようにしてきた董卓でも、ここまで言われればその程度はわかる。

「その通りです。元々皇甫嵩将軍は名家閥の中でも清流派（実際は濁流派でないだけで帝派に近い）に属しておりますが、現在彼の心情は大将軍閣下に近くなっております」

「それは……そうでしょうな」

あんな訳のわからん連中と仲良く出来る自信はないのだろう。しみじみと頷く董卓。

そもそも今回の自分の敗因とて、軍事を理解していない名家閥の袁隗が宮中での権力争いの延長で勝手に自分を盧植の後任に押し込んだからだ。

さらに言えば現在軍部に所属する将帥たちから見た場合、宦官や名家の連中は最初に自分たちを引き上げてくれただけの存在でしかない。

無論そのことには多少の感謝の気持ちも有るが、その後の手柄は自力で立てたものである。

それを「あの時に面倒見てやったから今のお前が有る」とずっと言ってきて、自分は何もしていないくせに当然のようにおこぼれを貰おうとするだけの存在に好感を抱くというのは難しいだろう。

そんな連中に関わるくらいなら、今回の戦で一切足を引っ張らず、むしろ積極的に後押しをしてくれた何進に接近したいと思うのは、官軍の将としては当然の考えと言える。

皇甫嵩の場合は叔父の名が在って帝によって招聘されたのだが、それでも「帝に推挙したのは自分だ」と言って来る連中は後を絶たないと言われているので、いい加減疲れたという気持ちが強いのかもしれない。

「そうですね。それで朱儁将軍と共に抜群の武功を挙げた皇甫嵩将軍が大将軍閣下に近付くのを嫌った名家や宦官が、彼に失敗を押し付けるために涼州へ派遣するのです。朱儁将軍を派遣しないのは、名家閥から推された董閣下の後釜が皇甫嵩殿だからでしょうか」

「……言葉もありませんな」

実際に現場を知っていれば、今回の件は適材適所という人事の基本を理解していない袁隗の自爆なのだが、己の判断こそ絶対と考える名家連中がそれを認めることはない。

結局、皇甫嵩が董卓の尻拭いをした形となるので名家の面目は丸潰れだ。

そこで連中の顔を潰した董卓を罰しようにも、本人は既に罷免されて自分たちの手が届かない河東に飛ばされている。

ならばその振り上げた拳はどこに下ろすのか？　と言えば、手柄を立て過ぎた名家閥にとっての裏切り者（連中は本気でそう思っている）である皇甫嵩となる。

更に帝からの評価が高い皇甫嵩が何進の派閥に入ることを嫌う宦官も、今回は名家と共に彼の足を引っ張ろうとするだろう。

　それだけではない。

「では李儒殿は皇甫嵩殿が涼州の乱の平定に失敗すると見ておられるのですかな？」

　皇甫嵩の将才を高く評価しているはずの何進や俺が、今回は名家の狙い通りとなることを疑っていない。このことを不思議に思ったのか、董卓は何か根拠が有るのか？　と確認してきた。

　しかしなぁ。根拠も何も……

「するでしょう？　民が賊となっただけの黄巾とは違い、生まれた時から馬と共に在る騎兵を中心とした異民族ですよ？　それも戦場は相手に地の利がある涼州です。中央の戦しか知らない官軍が勝てるとでも？」

「あぁ、いや」

　こういうことなのだ。

　実際官軍が涼州の軍勢に勝てる可能性は極めて低い。つまり、今回は俺が何もしなくても皇甫嵩は失敗することが決まっているのだ。

　董卓は俺が断言した言葉の内容に納得しそうになるが、流石に大将軍の前で官軍の将がそれを肯定することは出来ないようだな。

　だが、当の何進は名家や帝派の将軍と違い、官軍を絶対視してはいないので事実を指摘されたからと言って文句を付ける気はなく、むしろその意見を念頭に策を練っている。

「ま、そんなわけだ。俺は最初に皇甫嵩を休ませて、別の将帥を送るよう提案する。しかし名家や宦官共は新しい将帥が俺に近くなったら困るってんで、皇甫嵩を推すことになると予想している」

「……しかし、それでもしも皇甫嵩殿が勝てば、連中の企みは瓦解することになります。それなのに連中は彼を推すのですか？」

今の時点で何進が『確実に皇甫嵩が負ける（より正確に言えば戦略目的を達成できない）』と言うことを理解しているのは、俺が何進に戦の理《ことわり》を説明したからに過ぎない。

だから董卓の疑問としては、それらを知らずに官軍を絶対視する連中である名家や宦官どもからすれば、最初の大前提である『皇甫嵩が負ける』とは考えないのではないか？　その場合、皇甫嵩が手柄を立てることが前提になってしまうので、彼を追い落とすと言う目的にはそぐわないはずではないか？　という疑問だろう。

しかしそれは洛陽の澱みを甘く見ているとしか言いようがない。

「閣下。名家や宦官にしてみれば皇甫嵩殿が戦に勝とうが負けようがどうでも良いのです」

「は？」

「ようは彼を洛陽から引き離し、帝に讒言する隙さえ見つけてしまえば良いのですよ。そうすれば盧植殿のように嵌めることも出来ますからな」

「……なんとまぁ」

董卓が信じられんと言うように頭を振るが、洛陽から遠い涼州の乱を収めることよりも、洛陽内部での権力争いに終始するのが洛陽に住む連中のスタンダードだ。

また、皇甫嵩が戦に負けて取り返しがつかないほどの被害を受けたならば推薦した者にも類が及ぶが、盧植のように嵌める分には誰も巻き添えを受けることはないのも大きい。

実際に今回の乱で盧植を推薦した俺や、その上司である何進には何の被害も出ていないことが、それを証明している。

そう言う意味では、宦官も名家の連中も皇甫嵩の能力を信用していると言えるな。

……本人が喜ぶかどうかは別な話だがね。

「とりあえず、だ。俺たちは最初の遠征は失敗すると見ている。だからお前さんは奴《やっこ》さんの道案内をする程度で構わんよ。何かを聞かれたら、できるだけ皇甫嵩の考えとは違う意見を言ったりしてくれれば尚更良いかもしれんな」

「彼に巻き込まれるのを回避するためですな。そして本番は二度目の遠征になるとお考えで？」

「そうだ」

何進は董卓の問いに頷き、俺に先を促す。

「ええ、そうなるでしょう。そして二度目の遠征にはまた私が出ることになっておりますので、その際はよろしくお願いします」

「ほう。李儒殿が涼州に？」

何進から告げられた内容を理解し、納得したところで爆弾発言をぶち込む俺。

いきなり爆弾を投げつけられた董卓からすれば、俺にはこのまま洛陽に留《とど》まり、今まで通り後方支援をしてくれるだけでも十分過ぎるほどだと言うのに、何故ここで戦場に出ようとするのかが理解出来ないのだろう。

顎をこすりながら俺を見る目には、再び訝し気な雰囲気が宿っている。もしかしたら先ほど言った広宗での横やりを防ぐと同様に、自分にも横やりを入れさせないための配慮なのか？　と考えているのかもしれないが、今回はそうではないぞ。

「董閣下の疑問はごもっともです。率直に言わせていただければ……お恥ずかしい話なのですが、いい加減私にも目に見えた武功が必要となりまして」

「目に見えた？　……あぁ」

何のことはない。先ほど董卓が予想したように、武功を稼ぎたいだけの話だ。

違いはその相手が黄巾の賊ではなく、異民族だということくらいかね。董卓にしても、武功云々は元から考えていたことでもあるので、裏事情を理解することは難しくないだろう。なにせ現在俺という男は、大将軍府ではそこそこ知られつつあるが、机上の戦や洛陽しか知らない名家や宦官連中、もっと言えば皇帝は俺のことを知らないからな。

「だな。大将軍の子飼いが戦を知らねぇって言われても困る。それにこいつが一緒に行けばお前さんたちだって補給やら面倒な事務仕事から解放されるんだ。悪い話じゃねぇだろ？」

つまりは単純に、何進の腹心である俺を出世させるために、誰もが理解する目に見えた武功が必要になった。と言うだけの話。

今回のケースで言えば、皇甫嵩が失敗した任務を何進の子飼いが達成するということだ。

確かに武功としては十分だろう。それに董卓としても羌族らと戦うに当たって、洛陽との折衝と言う無駄な仕事はないに越したことはないはずだ。

さらに俺がいれば万全の状態で軍を維持できると考えれば、董卓にも損はない。それどころか、何進が言うようにかなり助かると言っても過言ではないよな。

「確かにそうですな。では李儒殿、その際はよろしくお願い致す」

「はっ！　閣下の足手まといとならぬよう、全力を尽くさせて頂きます！」


～～～


この会談により、名家閥に所属していた董卓は何進の派閥に属することとなった。

ただし、対外的には何進は董卓に敗戦の責を問い、その地位を剝奪したと言う記録しか残ってはいない。その為、董卓は何進に対して隔意を抱いているというのが名家閥の認識であった。


～～～

今回の敗戦を理由に董卓は中郎将を解任され、河東へと配備されることとなった。それと前後して、兗州にて黄巾と戦っていた皇甫嵩が後任に指名され、董卓に代わり広宗に籠る黄巾賊との戦に乗り出すこととなるのであった。

中平元年（西暦一八四年）八月下旬　冀州広宗

董卓の戦後処理を終え、彼らに代わり兗州東郡に於いて、黄巾の一派である卜己《ほくき》軍を打ち破った皇甫嵩が率いる軍勢が冀州に到着した頃。大将軍府から派遣された軍監として俺も皇甫嵩率いる軍勢に合流した。

「お疲れ様です皇甫嵩将軍」

挨拶は大事。ここで下手に調子に乗って気分を損ねられたら今後の献策が受け入れられなくなるかもしれんからな。

そうなったら面倒なので、無駄に偉ぶらずに下手に出る。すると向こうは

「いや、我らは賊を討つのが使命ですからな。お気になされるな。むしろこちらこそ面倒を掛けてすまぬと思っておるよ」

なんて返してきやがった。いやはやさすがは皇帝に認められた人徳者。これが本心なのかポーズかは知らんが、少なくとも小僧に過ぎない俺を不快にさせないだけの配慮が出来るってだけでも凄

い。気位だけが高いどこぞのチンピラにも見習わせたいくらいだぜ。

そんな、まだ見ぬ破落戸《ごろつき》の英雄様はともかくとして。

「いえいえ、これもお役目です。洛陽の連中には、前任の董卓将軍はともかくとして、その前の盧植将軍のような真似はさせませんのでご安心ください」

「よろしく頼み申す」

虎の威を借る狐《きつね》でしかない俺にぺこりと頭を下げる皇甫嵩の姿からは、屈辱に思っているような感じはなく、むしろ本当に助かる！　と思っているのがありありとわかるな。

本来であれば軍監は自分の監視役でしかないので、邪魔に思うことはあってもここまで有難がられるとは。今まで他の軍監は一体どんなヤツだったんだ？

……李儒は与り知らぬことではあるが、兗州東郡や豫州潁川で皇甫嵩らに付いた軍監は、わかりやすいほどに宦官閥の人間であり、隙あらば自分たちを罠に嵌めようと目を光らせていたし、ことあるごとに「捏造《ねつぞう》された報告をされたくなければ……」などと抜かして堂々と賄賂を要求したりするような連中であった。

そのため皇甫嵩は大将軍府から李儒が送られてくることが決定した際は、彼を何進から付けられたお目付け役と認識しており「とりあえず面倒がないように」と、付近の街で贅沢な暮らしでもさせてやろうと思っていたのだ。

しかしその旨を伝えられた李儒が皇甫嵩の使者に対して「いや、大将軍府の予算で大将軍府の人問を歓待されても困ります。こういうのは地元の人間にやるか、功績を挙げた部下にでもしてやってください」と言って断ったことで、李儒への評価を改めていたという、本人に知らされても何とも言えない事実があった。

李儒にすれば仕事は仕事だし、使者を通しての話し合いではなく、こうして直接現地に赴いて話をする必要があったという事と、戦場で接待を受けることに何とも言えない恐怖感を抱いた為に、さっさと話を進めたいと思っての行動だったのだが、結果としてそれが皇甫嵩の目にはまともに仕事をしているように映り、好感度が高くなっているのはご愛嬌といったところだろうか。

とりあえず皇甫嵩としては特に自分が不正をしているわけではないので（この時代、大なり小なりの不正をしない将帥の方が少ない）李儒が普通に軍監としての仕事をしてくれるなら、洛陽から送られてくる宦官の犬への防壁になるし、最も面倒な洛陽への報告書の作成の手間が省けると思っていたくらいだったらしい。

そんな不正を監視するはずの軍監が不正を働くという、末期な後漢の軍事事情はともかくとして、問題はこれからの方策である。

「それで皇甫嵩将軍。軍監としては越権行為になるのでしょうが、ここ広宗での戦について、一つ、いえ二つほど宜《よろ》しいでしょうか？」

「……なんでしょう？」

そう言った俺に対して皇甫嵩は、ここで初めて硬い声を出す。なにせ軍監とは不正を監視する役ではあると同時に『軍が命令通りに動いているかどうかを監視する』という役割もある。

だからこそ、俺が大将軍からの命令を帯びていた場合、皇甫嵩はその命令に従う義務が生じてしまうからな。

故に、俺が話す内容によっては、全軍の足が引っ張られることになるし、なにより俺からの提案の内容によっては問答無用で自身が冤罪《えんざい》に嵌められてしまうことになるからな。そんな可能性を考えれば、当然俺を殺す覚悟も決まるし、その覚悟に比例して硬い声の一つや二つも出るだろう。

だが俺はそんなことはせん。

「まず第一に、大将軍府としてはこちらでの戦は来月中には終わらせたいと考えております」

「は？」

俺の言葉を聞いた皇甫嵩は、思わずと言った感じで目を丸くする。そりゃそうだよな。盧植や董卓の失敗により士気が上がってしまった数万の賊が籠る要塞を、そんなに早く落とせるなら苦労はないと言いたいのだろう。

それは俺にもわかるんだがな。

「無論これにも確固たる理由はあります。まずはそれらの事情をお聞き願えますか？」

「え、えぇ。伺いましょう」

皇甫嵩の周囲にいる幕僚連中は「ここで洛陽の権力争いだとか、舐めたことを口に出したら殺すぞ！」と言わんばかりの視線を向けてくるが、残念ながら俺はこんなどうでも良いことのために命を捨てるつもりはないぞ。

「ではご説明させていただきます」


…………


「な、なるほど。確かに連中が食糧を得る前に鎮めるべきだというのはわかりました」

「ご理解いただきありがとうございます」

董卓に話したように兵糧の懸念を伝えれば、皇甫嵩は俺の言葉に一定の理解を示した。

実際ここで時間をかければ連中が補給を終えてしまう。ましてこの場合、連中の補給方法とは略奪に他ならないのだ。万が一にもそれを許せば官軍の面目もそれを率いる皇甫嵩の面目も丸つぶれとなる。

そうなったら軍監である俺がどうこうの問題ではないからな。

「し、しかし連中を一気に攻め落とすにはこちらの犠牲も大きくなりますな……あぁいや！　賊を討つのが我らの使命なれば、それが嫌だとは申しませんぞ！　しかし、私としても出来るだけ部下の犠牲を少なくしたいと思っていることはご理解いただけませんでしょうか？」

そう言って皇甫嵩は完全に下手に出てくる。これは俺の言ったことの正しさを理解した上で、先ほど自分が言った言葉が揚げ足取りに使われることを懸念してのことだろう。

実際、もしも俺が宦官閥から送られてきた人間だったら彼の言葉尻を捕まえて「なんと！　皇甫嵩殿は帝の勅命より兵の命が大事なのか！」と大仰に驚いたあとに、これを『皇甫嵩には朝廷に対する忠誠心が足りない。このような者に兵権を預けるのは危険であるので、即刻罷免することを求める』と言った感じで洛陽へ報告していただろう。

「無論将軍のお気持ちは理解しておりますとも。なにせ官軍とは帝の兵で国家の財。無駄に殺して良いものではありません」

「さ、左様ですな！」

自分の部下をモノ扱いされたことに多少思うところがあるみたいだが、ここは我慢してもらわんと困るぞ。ま、あんまり不快な思いをさせてもしょうがないから、さっさと次の話をするとしようじゃないか。

「それを踏まえて二つ目のお話です。これは先の話と連動しておりまして、早期にこの広宗を攻略するための策だと思ってくださって構いません」

「……早期攻略の為の策ですと？」

「ええ。策と言うよりは情報ですけどね」

「はぁ」

訝しげに俺を見る皇甫嵩だが、これは間違いなく決定打になる一撃だ。

（ふっ。喜べ皇甫嵩。お前の願いは叶うぞ）

「はい。私が差し向けた密偵の報告なのですが、現在冀州黄巾の頭目である張角は、既に病に冒されて死んでいる。もしくは自由に動けないほど弱っているとのことです」

「「「はぁ?!」」」

皇甫嵩だけでなく、話を聞いていた幕僚全員が声を上げるが、気持ちはわからんでもない。

洛陽で董卓と話したあとで、俺がここに着くまでのおよそ十日間、結局張角は一度も信者の前に立つことはなかった。その前からのタイムラグも合わせれば張角は一ヶ月近く信者の前に姿を見せていないことになる。

これはあまりにも不自然だ。なぜなら、今の黄巾は確実に追い詰められているからだ。

だからこそ今は、信者の治療だけでなく籠城側の士気を高める為にも彼が信者を鼓舞する必要がある。それなのに姿を現さないというのは通常であれば考えられないことなのだ。

そういった事情を踏まえれば、現状で考えられる状況は三つ。

一．既に張角が死んでいること。

これはわかりやすい状況だな。今も籠城する黄巾の心を折るには十分な情報だろう。

二．死ぬ寸前まで弱っていること。

これもわかりやすい。病を治癒することを売りにしていた宗教団体の教祖が病に倒れていたら、一体なんの為の団体かわからなくなる。もしも病を押して出てきたとしても、張角が病で衰弱した姿は組織の足元を崩すには十分な衝撃を与えるだろう。まぁこの場合、張角が無駄に美化されてしまい、命懸けで漢に立ち向かう聖人って感じになりかねんが、俺としては別にそれでも構わない。

なにせ漢が腐っているのは事実だしな。

三．張角が信者を見捨てて広宗から逃げ出していること。

これに関しては微妙なところである。後から思いついたのだが、弟や信者が命をかけて逃がすってケースも皆無とは言えないのだ。

この場合、これから漢は『張角』を名乗る賊を相手に戦い続けることを余儀なくされてしまうので、実はこれが一番漢という国にとっては面倒なケースだったりする。

しかしまぁ古代中国的価値観を考えれば、信者を見捨てて逃げ出したというレッテルを貼ってしまえば張角の求心力は地に落ちることになるし、連中も完全に名を捨ててゲリラ戦術に走るような真似は控えると思われる。

これらを考察した結果、やはり今の張角は一か二の状態に陥っていると考えるのが妥当だろう。

つまり、この戦は既に終わっている。

「「「…………」」」

自分が得た情報とそれから導き出された考察を伝えれば、皇甫嵩たちはまさしく声を失《な》くした状態になっている。だからといって遠慮する気はないけどな。

「こういった事情ですので、皇甫嵩将軍にはまず全軍に『張角死す』と喧伝《けんでん》してもらい、連中の心を叩き折ってもらいたいのです。それで張角が出てくるなら私の推測が間違っていただけの話。こちらは標的を再認識するだけです。そしてもしも本当に張角が死んでいるのなら、心の柱を失った賊徒らの士気が下がることは間違いありませんからね」

「そ、それはそうでしょう」

ようやく再起動した皇甫嵩は俺に賛同の意を示す。けどまぁそりゃそうだよな。教祖を殺したのが官軍ならまだ殺意の向けどころもあるのだろうが、病で死んだらなぁ。

「あぁ、それと……皇甫嵩将軍ほどのお方に、私如きがこのような物言いをするのは僭越《せんえつ》ですが、戦は士気ですもの。そして将軍が率いる軍勢は、心が折れた者を相手に苦戦するような弱輩の集まりではないと思いますが如何《いかが》？」

「む、無論です！　むしろここまでの情報を頂いたのなら率先して連中を滅ぼしてご覧に入れましょう！」

「そうですか。では将軍の戦を拝見させて頂きます」

うむ。もしここで腰が引けるようなら硬軟織り交ぜた交渉術を駆使して無理矢理にでも尻を叩いて督戦するつもりだったが、どうやらその必要はないようだな。

～～～～～～～～～～～～～～～～～～～～～～～～～～～～～～～～～～～

数日後、官軍から『張角既に死す』という黄巾のお株を奪うかのような宣言が発せられた。


この宣言に対して黄巾がとった行動は、否定、ではなく黙秘であった。

……実際のところ、この時点で言えば張角はまだ生きていた。

しかし、生きていただけだ。彼は李儒が予想していたように病で重篤に陥っていたのだ。

そのため張角は信徒の前に出て、官軍に対して「嘘だ」と反論・立証することが出来ず、結果として『張角の死』という言葉を覆すことが出来なかった。

張角を精神的な支柱としていた信者は心を折られてしまう。こうして広宗に籠る黄巾党の中で最も怖い存在であった狂信者の士気は地の底まで落ちることとなり、また彼らに引きずられて気を吐いていた者たちの士気も一気に落ちてしまうこととなった。

事ここに至っては張角の弟である張梁が奮戦しても焼け石に水。

目に見えて勢いを失った黄巾を前に一気呵成《かせい》に攻め立てる官軍の前に敗れ、その首を取られた。

そして広宗に籠城した黄巾を討ち果たした皇甫嵩は、砦《とりで》の奥で死んでいる張角の遺体を発見。それを衆目に晒すことで冀州の黄巾党はさらにその勢いを失わせていく。

それから半月ほどして、南陽の朱儁にも皇甫嵩による広宗攻略の報が届くと、彼は皇甫嵩の武功や洛陽における自身への讒言等といった情勢を鑑みて『今は多少の無理をしてでも黄巾を滅ぼすべきときである』と判断し、犠牲を省みずに一気呵成に攻め立てることで南陽に蔓延《はびこ》る賊の悉《ことごと》くを攻め滅ぼすことに成功する。

ちなみにこの際、朱儁の旗下には若き日の曹操《そうそう》と孫堅《そんけん》がおり、曹操は南陽の戦に先立つ潁川における火計により黄巾に大打撃を与えたことで、そして孫堅は南陽郡の城に籠城する賊の頭目たちを討ち取る際に多大な貢献をしたことでその名を高めていた。

中平元年（西暦一八四年）十月

広宗の皇甫嵩から張角死亡の報を、そして南陽の朱儁から南陽解放の報を受けた朝廷は正式に黄巾の乱の終息を宣言する。

しかし乱の首謀者が死んでも、彼らを武装蜂起へ駆り立てた元凶は何一つ失われてはいない。此《こ》の度の乱は漢の統治に綻びを生み、民衆や地方領主の心中にある中央への不満と不信を煽り立てる形となった。

この乱で生まれた地方軍閥や賊の残党たち。漢の衰えを目の当たりにした異民族。燻る火種はこのまま消えるのか、それとも漢を焼き払う燎原《りょうげん》の火となるのか。

腐敗しながらも続いた微睡《まどろ》みの時間は終わり、これより大陸に激動の時代が訪れる。

四　黄巾の乱の終わりと涼州の乱の始まり

中平二年（西暦一八五年）四月　洛陽・宮廷内

河北《かほく》や中原を席巻した黄巾の乱が鎮圧されてからおよそ半年。あらかたの戦後処理も終わり「これから何時もの政治闘争が行われることになる」と洛陽の誰もが確信し、自らの進退を懸ける陣営を見出してそれぞれの決断をしようとしていた頃。

宮中の奥深くにある軍議の間では、涼州から朝廷の下に送られてきた書状で発覚した非常事態への対策を練る為の会合が行われていた。

会合と言ってもこの場に居るのは僅かに三人。しかし三人が三人とも、漢を動かす重鎮と言っても良い人物であった。

「くそっ……韓遂めがっ」

辺章《へんしょう》と共に乱の首謀者の一人とされる者の名を憎々しげに呟《つぶや》き、ギリッと音が出るほどに強く歯を食い縛るのは、宦官の代表としてこの場に赴いた十常侍筆頭の張譲である。

彼ら宦官は後宮に居りびたる、帝と接触出来る存在であり、色と食に溺れる帝に対して彼らが望む情報だけを与えて、帝から彼らに有利な言葉（勅）を引き出したり、自分たちに有利になるような忖度や捏造をしたりすることで結果として勅の偽造に等しい行為をし、宮廷内に於ける政敵を排除し続けてきたことで、今や皇帝《絶対権力者》の代理人として権力を握る存在だ。

しかしその絶対権力は限定的なところもある。良い例が今も何進を排除出来ないことだろう。彼らはあくまで皇帝の威光が有ってこその立場であるので、皇帝の寵愛を受ける立場にある何后や、その身内である何進には手が出せない。また、直接的な武力も持たないので権力を恐れない（というか理解出来ない）存在とは極めて相性が悪い。具体的な例を挙げるとすれば、異民族のような存在だ。

皇帝の身柄を握り増長して好き放題やっている宦官連中にとって、異民族のように己の権力《皇帝の威光》が通じない武力集団の存在は決して容認できるものではない。

さらに今回、乱を主導したとされる韓遂と言う人物は、洛陽に居た際に名家や軍部の人間に対して、自分たち宦官の殺戮《さつりく》を促していた男でもある。

故に彼ら宦官にとって、今回の乱は首謀者も賛同者も二重、三重の意味で赦《ゆる》せるモノではなかった。

……と言うのはもちろん政治的なポーズである。

実際は憤っている振りをして、武官の分際で帝に近く、さらに先の戦で功を上げて発言力を増し、さらにさらにあろうことか成り上がりの何進に接近しつつあると言う噂が立っている、名家閥の皇甫嵩を失脚させる為に彼を洛陽から遠く離れた涼州へと出陣させるつもりであった。

韓遂？　羌などと言う蛮族を後ろ盾としてどうすると言うのだ？

精強なる官軍を敵にした以上は討伐されるゴミに過ぎん。洛陽から逃げて、逃げた先が涼州だかどこだかは知らんが、所詮は都落ちした負け犬。故に勝手に騒いで勝手に死ね。

と言ったところだろうか。

「ふむ。羌がここで動くか」

張譲とは対照的に冷静な口調で言いながら「その発想はなかった」と言わんばかりに目を丸くするのは、名家の代表としてこの場に立つ男。司徒の袁隗だ。

基本的に名家閥も宦官同様に自前の武力を持たない集団であるので、宦官同様に自分たちの権力が及ばないモノには嫌悪感を抱く習性がある。

宦官と違い帝との直接の接点が少ないにもかかわらず、彼ら名家が力を持つことが出来ているのは一言で言うならば知識層を独占しているからだ。

わかりやすく言うなら、彼らは官僚集団なのである。

識字率が低く、計算など出来るものはほんのひと握りでしかなかったこの時代。帝が何を命じても、彼らが動かなければ政《まつりごと》は動かないと言う状況であった。

だからこそ、彼らに動いてもらいたい者たちは付け届け《賄賂》を送ってでも仕事をしてもらおうとするし、彼らが独占している要職のポストを貰うために派閥に入る。結果として帝ですらそうそう手が出せない集団となっているというわけだ。

そして彼らは韓遂に対して含むところはない。むしろ洛陽に居たときは宦官誅殺《ちゆうさつ》を唱え、軍部相手に派手に騒いでくれていたので、そのまま軍部と宦官に確執を作ってくれることを願い「良いぞ！　もっとやれ！」と陰ながら応援していたくらいだ。

故に彼が気にするのは、漢にとっての宿敵と言っても良い存在である羌族についてとなる。漢の忠臣を自認する名家としては彼らとの戦いを避けることは出来ない（無論自分が戦うわけではない）。

それに連中は既に三輔《さんぽ》（長安《ちようあん》周辺地域。京兆尹《けいちようさいん》・左馮翊《さひようよく》・右扶風《ゆうふふう》）にまで手を出してきているらしいではないか。

偉大なる高祖《こうそ》が定めた都である長安を、異民族等に汚させては漢の名折れ。必ずや後悔させてやる必要がある！　と意気込んでいた。

……と言う名目で、最終的には「敵は強大だ！　だからこそすぐに最大戦力を出すべきだ！」と言う論法で皇甫嵩を出陣させ、彼を失脚させることを目論んでいたりする。

何せ最近の皇甫嵩は「自分は名家とは関係ない」と言わんばかりに、帝派の王允や董承《とうしよう》らに接近しているし、さらには何進に協力をしようとしているという情報まであるのだ。

外戚の中でも名家の血筋である董承ならまだ許せる。そのまま帝の信任と武功を表に出して、宦官と争ってくれたら最高と言えるだろう。

しかし庶民出身の何進はダメだ。

伝統も格式もなく、ただ妹を帝に差し出しただけの下郎が自分と同格のような顔をしてこの場に居るだけでも腸《はらわた》が煮え繰り返りそうになると言うのに、これ以上権勢を増すような真似は容認できない。

さらに前回の乱において、自分たちが推薦した崔烈や董卓が乱の鎮圧に失敗し、皇甫嵩がその尻拭いをしたと言う形になったのも問題だ。そのせいで帝は軍事についての相談を、自分たちではなく何進にするようになったと言うではないか。

外戚と言うだけで大将軍となっただけの何進に何ができる！　と嘯くのは簡単だが、何進が成果を上げてしまった以上はこの言葉に説得力がなくなってしまう。

ここでさらに彼に功績を上積みされてしまえば、軍事と言う一点において何進を止める事が出来なくなる。その為、今回の件に関しては宦官と名家は対何進と言うことで一時的に手を結んでいた。

そんな両者を「こいつらに軍事を語らせても意味ねぇな」と見下しているのが、庶民の代表にして官軍の兵権を預かり、武力と食糧と情報を握る我らが何進大将軍閣下である。

そもそも当時の慣習でいえば、大将軍という職は外戚（広義では皇族に嫁・婿入りした一族。狭義では帝の妃や、帝や皇太子の母の一族）の筆頭に与える名誉職のようなものでしかなかった。

それというのも、名目上大将軍は漢の兵権を預かる身分とは言え、強大な漢帝国の中にはこれまで大きな乱などなく、異民族も懐柔（檀石槐に関しては幽州や并州のことと切って捨てていた）していたために外にも敵が居なかったのだ。

その為、大将軍とは細々と動く賊どもを帝に代わって将軍に討伐を命じて、討伐させるだけの仕事として認識されていたのである。

それが先の黄巾の乱で大きく変わることとなる。

そう。初めに名家と宦官が推挙した将帥が敗北し、何進が任命した将帥がそれらに勝った敵を撃破したことにより、何進はただの外戚ではなく抜群の実績を持った外戚となったのだ。

元々何進は、帝の外戚（霊帝の母董太后の一族）である董承の権力を弱めるために宦官の郭勝《かくしょう》が後押しをして彼の妹を宮中に入れ、その縁で推挙されたと言う経歴を持つのだが、当の何進は宦官に恩など感じておらず（推挙されるためにかなりの金を使っている）口先だけの名家を見下していた。

この辺を例えるなら（少しニュアンスが違うかもしれないが）現場《ブルーカラー》の何進と管理職《ホワイトカラー》の名家・宦官が対立しているようなモノと考えればいいかもしれない。

さらに今の何進は、李儒と言う奇貨を得たことで、本来なら官僚集団である名家連中の協力がなければまともに軍を回すことも出来ないはずだったのに、軍事に関しては自派閥だけでなんの問題もなく業務を回せるようになっている。

これにより何進の中では袁隗率いる名家閥はその価値をいつでも殺せる老害と認識しており、残る敵は宦官とおなじ外戚の董承らと見做《みな》していた。

だからこそ、ここで名家と宦官が手を組んでくれたのは彼にとっては脅威ではなく、むしろありがたいことだった。

何せ注意を向ける先が分散されないと言うことは、それだけ予想外の方向から足を掬《すく》われる心配をしなくても良いと言うことだから。

さらに李儒という、己の思考の穴を埋める存在が居るのも良い。これにより何進は彼らを恐れることなく大胆な手を打つことも出来るのだ。

「ま、洛陽《ここ》に居ねぇ奴に恨み言を言っても始まらねぇさ。とりあえず話を進めるが、今回の乱に関して俺としては王允を派遣しようと思っている」

そんな後方に不安のない何進が、張譲や袁隗を差し置いて話を進めようとする。

この「軍事は自分の領域だ」と言わんばかりの態度に二人は当然不快げに眉を顰《ひそ》めることになるが、そもそもの議題が「乱の鎮圧」である以上、主導権は軍部を握る何進にあると言われてしまえば、張譲も袁隗も表立って異を唱えることはできない。

いろんな意味で目障りな何進の推挙する相手を聞き「……むぅ」と呻《うめ》く張譲と「王允殿か」と瞑《めい》目《もく》する袁隗。

王允。後の美女連環計が有名な彼だが、今は漢帝国に仕える一人の人間でしかない。

そんな王允は先の乱で豫州刺史となり乱の平定に尽力した帝派の人間であり、分類するなら名家閥と言っても良い人間である。

しかしながらこの王允は張譲と浅からぬ因縁がある。

それが決定的となったのは去年の黄巾の乱が終結した際のことである。

彼は「張譲こそが封諝、徐奉などの宦官に指図をして馬元義など黄巾を支援していた存在である！」と帝に告発したのだ。

細かく言えば何進も黄巾に対して大小様々な支援を行っていたのだが、それはあくまで陰ながらに行われたことであり、洛陽の人間が気付くことはなかった。

しかし洛陽にしか伝手がない張譲にそのような隠蔽工作が出来るハズもなく、証拠を押さえられた彼は霊帝に謝罪することで難を逃れたと言う経緯がある。

よって張譲にすれば、皇甫嵩は潜在的な敵だが、王允は直接的な敵だ。その為「今回追い落とすならこっちの方が良いのではないか？」と言う欲が出る。

対して袁隗にとって王允は特に拘りがない相手とも言える。強いて言うなら豫州刺史ということで自身の実家である汝南袁家に何かしてくる可能性がある程度だろうか。

何進がここで王允を推すのは帝派の切り崩しが目的なのかもしれない。袁隗としても豫州に関しての権限を持つ者を野放しにする気もない。

しかしながら今回皇甫嵩を嵌める為に用意した策を使う程の者でもないのは事実だ。

「王允殿も悪くはないだろう。しかし今回の乱は既に三輔地域まで賊が来ていると言うではないか。

ならばこれは早急に平定する必要が有ると思うのだが……張譲殿は如何に？」

王允は張譲にとっては最優先で仕留めたい敵ではあるが、宦官閥にとってはそうではない。そしてそれは名家閥にとっても同様なので袁隗は「悩んでないでさっさと打ち合わせ通りに動け」と張譲に話を振る。

袁隗の中では「この様子なら王允は黙っていても張譲が片付けるだろう」という思いもある。

「……そうですな」

ここまではっきりと釘を刺されてしまっては張譲も今更「王允でも良い」等とは言えないので、袁隗の意見に同調するしかなかった。

「一刻も早く乱を鎮める必要があるってのは同感だ。それじゃそっちには何か腹案があるってのか？　前みたいなのはゴメンだぞ」

そんな二人に対して何進は「お前らが推した連中は失敗したから信用できねぇ」と言う特大の皮肉をぶつける。

張譲も袁隗もこの態度や口調に激昂しかけるも、まずは目標の達成が最優先であると判断し、内心で苦虫を数千匹嚙《か》み潰すことで、何とか怒鳴り散らしたいと言う衝動を抑えることに成功した。

元々何進が皇甫嵩を推挙していたら皇甫嵩ごと何進を引き摺り下ろす予定だったのに。何進がそれを選ばなかったこともまた不満の種となっていた。

そんな彼らの内心はともかくとして。

「先の戦で抜群の功績を上げた皇甫嵩将軍こそ、官軍にとっての最高戦力でしょう？　ならばここは最初から彼を出すべきではありませんか？」

「……左様。陛下も皇甫嵩殿の活躍を心待ちにしておられる」

「まぁ、否定はできねぇけどよ（良く言いやがるぜ）」

袁隗も張譲も『前の戦の実績』を前に出して皇甫嵩を推してきたことが、連中の裏を理解している何進にすればこの態度は滑稽でならない。とは言えそれで「はい、そうですね」等と言ってしまえばこちらの裏が疑われてしまう。

「いや、皇甫嵩が優秀なのは事実だが働かせすぎだ。ここは一度洛陽で休ませるべきだろうと思っている。とりあえず大将軍府で俺の補佐をさせるつもりだ」

「いやいや、優秀だからこそですな……」

「左様。彼は補佐などではなく現場でこそ光を放つ将師ですぞ」

もう功績は十分だから、じっくり取り込む。そのために時間が必要だと臭わせる何進に対し当然それを阻みたい二人は反対意見を述べて、何とかして皇甫嵩を引き摺りだそうとする。

宦官・名家・外戚。

澱みに澱みきった洛陽の中枢にあって、更に澱みきった泥沼の奥底で縄張り争いをする彼らの姿は、李儒から見たら狐と狸《たぬき》の化かし合いどころではない。在来種の鯰《宦官と名家》と外来種のブラックバス《軍部と外戚の何進》の生存戦争だ。

つまるところは生きるか《喰うか》死ぬか《喰われるか》。両者の間に妥協の文字はない。

洛陽・大将軍府執務室

「お疲れ様です。こちらが例の準備に関する書簡になりますのでご確認下さい」

「……おう」

俺が連中と会合している間に皇甫嵩の出撃に関する各種書類を作らせていたが、もう終わらせていやがる。まぁ半年前から名家やら宦官の狙いを見抜いていたんだ、準備もしていたんだろうさ。

「あまり早く動くと疑われますので、二日三日程遅らせてから準備に入るとよろしいかと」

「そうか」

そう言って書簡を受け取れば、パッと見ただけで問題はないとわかる。流石と言うか、まぁ何時も通りの仕事っぷりと言ったところか。それに言っていることは間違ってないのだろうが、自分が二日三日休もうとしているのが丸わかりだぞ。

「ではこれにて失礼『よろこべ李儒。問題が発生したぞ』……失礼します」

「諦めろ」

俺の言葉を聞かなかった振りをして逃げようたってそうはいかん。若僧が。そう簡単に休めると思うな。

「……問題とはなんでしょうか？」

ふっ。普段から感情を表情に出さねぇコイツが明らかに面倒臭がっていやがる。

しかし気持ちはわからんでもないぞ？　「ここで皇甫嵩は出ないことになった」なんて言ったら一から作り直しだからな。

……いや、こいつのことだから名前を書き直すだけで良いようにしている可能性も有るか。残念ながらソッチじゃねぇけどな。

「先に言っておくが皇甫嵩については問題ねぇ、この書簡はこのままで十分だ」

「そうですか」

俺の言葉に、あからさまにホッとした態度を見せる。顔には出ねぇのは見事だが、まだまだ甘い。

まぁ若僧にしちゃ十分だがよ。

それはともかくとして、だ。

「張譲と袁隗の野郎が面倒なことをしやがってな」

「またですか？　毎回毎回よくもまぁ」

「そう言うな。それがアイツ等の仕事だからな」

自分たちよりも偉い奴の存在が許せねぇのか、それとも自分たちに従わねぇのが許せねぇのかは知らんが、所詮は洛陽の中の蟲《むし》どもだ。洛陽から離れた地にいる盧植を讒言で追い落とせたから、他の将軍も思い通りになると本気で思っていやがる。

俺を狙う前に、俺の戦力になりそうな連中を追い落とすのは結構だが、いい加減今までのように行かなくなると言うことを知るべきだな。

「それはそうですね。それで、問題とは？」

そうだ、まずはコッチだ。名家としての見方ってヤツを知らねぇとどんな罠が張ってあるかわからねぇからな。

「あぁ、なんでも売官とか言って官位を売買するような制度を作るんだとよ」

わざわざ官位をばら撒くなんざ、連中は一体全体何考えてんだ？


〜〜〜〜〜〜〜〜〜〜〜〜〜〜〜〜〜〜〜〜〜〜〜〜〜〜〜〜〜〜〜


なるほど。ここで売官の話が出るのか。

「売官、官位の売買ですか」

「そうだ。去年の黄巾の乱や今回の涼州の乱で漢の財政が圧迫されたんで、その改善策の一環とする予定だとよ」

「物は言いようですな」

「まったくだ。それで、問題はこの行為にどんな裏が有るのかって話だ」

あぁなるほど。何進にしてみればすでに位人臣を極めた身なので今更官位に拘る気がないのだろう。完全に他人事だ。

そして他人事と考えた場合、官位しか誇るものがない名家連中がソレを切り売りすると言う行為は自爆にしか見えないのだろうな。

俺から見てもそうだ。しかし売官にはいくつかの理由がある。

「そうですな。いくつか有りますが……まずは己の派閥の拡大です」

これはわかりやすいところだな。

「ふむ。まぁ基本的に纏まった金が有るのは名家だの宦官連中だからな。自分たちで官位を買って、それをばら撒けば良いってか？」

「そうですね。ただし、ばら撒きの効果が有るのは名家連中だけでしょうから、閣下はやらない方が良いでしょう」

「やらねぇよ。どうせ俺がやったところで連中は『ありがたく貰ってやる』って感じで終わるだろうからな」

「仰る通りとなるでしょう」

何進に官位を貰った連中は一瞬ありがたがるかもしれんが、それが永続することは有り得ない。すぐに他の派閥に流れるだろう。

今までは名家連中に見向きもされなかった故に俺たちの派閥に加わっている連中も、官位があれば話は別になる。向こうの派閥に移って「何進から官位を分捕った！」とでも言っておけば英雄扱いだ。そして名家閥がソレを利用して小者をこっちに押し付ける可能性もある。

　でもってその小者たちに「向こうに所属する振りをして閣下の派閥の拡大を狙います！」とか埋伏の毒っぽいことを言わせて、その為に官位を下さい！　と何進に官位を買わせ、経済力を奪おうとするだろうよ。

　史実とは違い自前の名家閥を持つ何進がそんな罠には掛からんだろうが、既に配下にいる連中に官位を渡すときには注意させねばならんな。

「それでよろしいかと。そして第二は……報奨《餌》です」

「報奨？　官位を買わせるのが報酬になんのか？」

　これに関しては本心から「わけがわからん」という顔をする何進。まぁ普通はそうだ。だが宦官も名家も普通ではないんだよ。

「はい。この場合は『官位を買わせる』もしくは『買ってもらう』と考えるのではなく『官位を売ってやる』もしくは『買う権利をやる』と言い換えればわかりやすいでしょうか？」

「……そう言うことかよ」

　うむ。そういうことだ。しっかり理解できたようだな。

　これは例えるなら「上流貴族のみ参加可能な会合に参加できるようになる貴重な権利を売ってやる。だからありがたく思え」って感じだ。

　そもそも今回の売官の口実となった「財政の圧迫」だが、これは乱が起こって税が取れなかったとか、乱のせいで生じた軍事費に圧迫されたからと言うものではない（軍事費は少し絡むけどな）。

問題は報酬の支払いに関してだ。例としては元寇《げんこう》を退けた鎌倉幕府がわかりやすいだろう。

勅命によって乱を鎮圧したのは良い。しかし働いて成果を上げた彼らには「ご苦労」では済まない。いや、元々が乱を鎮圧する存在である官軍だけならそれで良いのだが、（それでも昇進や多少の手当は生じる）官軍に協力した地方軍閥や地方の名家の連中には報酬を払う必要が生じる。ではその報酬はどこから出るのか？　と言う話になったんだな。

外敵を討伐したわけではないから略奪物はない。ならば本来それ《報酬》は国庫から賄われることになる。これは当たり前の話だろう。しかしここで名家や宦官が絡んでくる。彼らは国庫に納められてある予算をすでに自分たちで切り分けているのだ。

それなのに軍部や地方に新たに予算を回すと言うことは、自分たちの取り分を減らすと言うこと。そんなことを連中が認めるはずがない。

結果として自分たちとは関係ないところから報酬を絞り出すことになった。

そうして考えた結果出てきたのが、この連中が言う『財政の圧迫』という口実だ。で、その解消の為に自分の褒美を自分で買わせると言うウルトラCな発想が生まれたわけだ。

連中の言い分としては「官位を買う権利自体が褒美。そして正式にそれを名乗らせることも褒美。ほら、二重に褒美を受け取ったのだから文句はないだろう？」と言うもの。まさしく洛陽的思考である。こんなの普通は理解できんよ。

「なるほどなぁ。官位だけで済む問題ならまだしも、実際に動いた連中には現物が必要になる。それをこんな形で賄おうとするとは想像の埒外だったぜ」

そりゃそうだ。まっとうな商人なら思いもしないだろうよ。

「ついでに言えば地方の名家や、清流派を名乗る連中から金を吸い上げる役割も有りますな」

「なるほど。金さえ用意出来りゃ郷挙里選も何も必要ねぇからな。宦官も名家も嫌いって奴ならそっちを選ぶかもな」

「そうですね」

「はっ！　元々宦官や名家の連中がタダで好き勝手に弄ってたもんを、こうして商品にするって言うんだ。その面の皮の厚さは褒めてやるべきかもな！」

元食肉業者としては中々に認めがたいことだろうが、ある意味では無から有を作ったとも言えるので、中々にレベルが高いのは事実である。それに、この政策はこちらにも得があるので、放置するのは勿体ない。せっかく向こうが墓穴を掘ってくれたのだから、せいぜい利用するべきだろうよ。

「ついでです。私の分も官位を買ってもらいましょうか」

「は？」

鳩が豆鉄砲を喰らったような顔と言うかなんというか、ずんぐりむっくりなオッサンに呆気《あっけ》に取られた表情をされてもなぁ。

「よろしいですか？　この場合、漢の財政圧迫を憂いた閣下が率先して大金を支払い官位を買うのです。これには宦官や名家も文句は付けられませんよね」

「いや、それはわからんでもないんだが……それ以前に、俺がお前の分を買うのか？」

何を今更。なんか自分で買えよって顔してるが、今回のこれはそういう話じゃないんだよ。

「それはそうでしょう？　私が自分で買って官位を付けるよりも、閣下が官位を買って私に下賜した方が良いと思いませんか？　誰が上で誰が下かをわからせることにもなりますし、他の連中の励みにもなりますよ？」

「あぁ、そりゃそうかもしれねぇが……」

首をひねりながら「釈然としねぇ」と呟いているが、これだって立派な政略だろうに。

「閣下。良くお考え下さい」

「あぁん？」

「今ならば軍部とは無関係の役職も買えるのですよ？」

「……なるほど。連中の狙いの穴を突くか」

その発想はなかったって顔だな。だが何進がこれなら連中も同じなはず。

今の何進は○○将軍とかならいくらでも任命できるが、それ以外は難しい。だがここで官位を買うことで今までとは違う切り口での政治闘争が可能になる。

「そういうことです。我々の狙いに気付いた連中が、後から『アレはダメ。コレはダメ』と言ってくる前に、今のうちに動くべきです」

まさか施行していきなり廃止にもできんだろう。官位のばら撒きは無意味どころか害悪だが、本当の子飼いに褒美として官位を与える分には問題ない。いや問題ないどころか、武官以外の役職が貰えるとわかれば文系の若手連中も張り切るだろうさ。

「それもそうだな。連中からすれば、いつかは俺も官位を買うとは想定しているかもしれねぇが、ここまで早く動くとは思うまいよ」

「えぇ。法制度の公表と同時に行きましょう」

「ふっ。連中の驚く面が見られるかと思えば悪くねぇ、か」

中平二年（西暦一八五年）春

漢の心ある者の全てが悪法と断じた売官制度が施行されることとなった。

そして政策の発表とほぼ同時に、大将軍である何進が二つの官位を買ったことで、彼は「金で買える官位に飛びつくとは……所詮は成り上がりか」と酷評されることになる。

ここまでは宦官や名家の狙い通りだっただろう。

しかし、そのうちの一つを腹心である李儒に与えたことが、軍関係者や若手の名家出身者からの高い評価を得ることになるとは彼らも予想だにしていなかったと言う。

今年二十になる若僧が九卿《きゅうけい》となった。それもその若僧は郷挙里選による推薦ではない。後ろ盾も何もなく、己の身一つで何進に仕えた彼は、家格も年功序列も完全に無視して仕事の成果だけを評価されての大抜擢《だいばってき》を受けたのである。

結果として「彼に続け！」と若者が奮起し、大将軍府の作業効率が上昇したとかしなかったとか。

これが後の「唯才是挙」の先駆けとなったと言うことは特筆するまでもないことであろう。

五　涼州の乱

中平三年（西暦一八六年）五月　京兆尹・長安

「お待たせ致しました。董閣下」

「なんの。黄巾の乱の戦後処理を全て終わらせて、さらに今回の皇甫嵩殿の失脚の後始末までしていたのでしょう？　半年足らずでその準備が終わるなど、通常ではありえませんぞ」

頭を下げる俺に対して朗らかに応える董卓。彼は予定通り皇甫嵩に策を問われた際、子供でもわかるような正論だけを述べることで、皇甫嵩と距離を置いたようだ。

その結果、皇甫嵩とは疎遠であるとされ、彼が張譲の手で罷免されても董卓は中郎将のまま羌との戦いにおける指揮官として兵を率いていた。

まぁそうなってもらわなくては困るのだが。

「そう言っていただけると助かります。とは言え更に一つ面倒事が追加されまして。いや、対処は簡単なのですがね」

「……伺いましょう」

俺が開口一番に面倒事と言う内容だ。董卓にとっても決して無関係ではないということは理解しているだろう。しかし面倒事に対する対処法も出来上がっていると言うことなので、不満そうな雰囲気はない。実際、ただひたすらに面倒なだけの話だしな。

矛盾しているようだが、洛陽の澱みを少しでも知ればこの面倒と言うのがどれだけ厄介なのかが良くわかる。

例えば軍使。

一言で軍使だなんだと言われても、洛陽から来るのはまともなモノではなく、基本的には対抗派閥から自分たちを追い落とす為に派遣されるものだ。

対処法が賄賂で済むならまだ良い。適当に派閥に忠誠を示せば良いと言うだけなら最良だ。

しかしそうでない場合は、返事の一つにでもおかしなところがあれば、その軍使によって帝に讒言されることとなるのが後漢クオリティである（対象の格が低ければ、言葉におかしなところがなくても勝手に言葉を作られてから讒言される）。

しかも使者を返した後に「待ってました」と言わんばかりに相手が準備万端用意している捕縛の為の兵士が飛んでくるのだから、回避も防御も難しいときている。

つまり前線の将帥にとって洛陽から送られてくる軍使とは、罷免&捕縛からの投獄と言う即死コンボを内包する爆弾に等しい存在だったりする。

そんなわけで董卓のような前線の将師は、目の前の敵を排除しつつ後ろの連中によって次々と足元に設置される見え見えの罠を、一々全部処理しなくてはならないと言う作業を強いられることになる。今までは俺や何進がソレを行ってきたのだが、李儒とて他人が他人に仕掛けた罠の解除ほど面倒な作業もないだろう。

董卓のようなバリバリの現場主義にして前線指揮官にとって、後方支援と言う仕事はまさしく地獄。各種書類仕事の過酷さを知れば知るほど「洛陽には関わりたくねぇ」と思うのは仕方のないことと言える。それはそれとして。

「こうして私が派遣されたことで、宦官や名家の連中が何進大将軍閣下に手柄を総取りされると勘違いしたようでしてね。数ヶ月後には司空の張温《ちょうおん》殿が派遣される手はずとなっております。名目は『董閣下の戦果が思わしくないようだから』と言ったモノですな」

「……いや、思わしくないと言われましても」

言いたいことはわかるぞ。そもそも韓遂らが本格的に三輔（京兆尹・左馮翊・右扶風）に入ったのは去年の三月だ。一昨年は黄巾の乱があり、その後始末やなにやらがあったし、今年に入って皇甫嵩を邪魔したのは洛陽の張譲だ。董卓は皇甫嵩を捕らえに来た者から「勝手に動くな」と言われ、交代の人員を待っていただけに過ぎないもんな。

それを討伐が遅れていると言うのは流石に無理があると言いたいところなのだろう。しかし「洛陽の常識非常識」と言う言葉が有るように、連中の頭の中には蟲が湧いていると言うことを董卓は

初回版限定
封入
購入者特典

特別書き下ろし。

袁紹と曹操

※『偽典・演義　1～とある策士の三國志～』をお読みになったあとにご覧ください。

EARTH STAR NOVEL

のは大したものだと思うぞ」

「なんだ。今日は嫌に素直だな？」

「まぁ、事実は事実だからな」

「ははっ。そうかそうか。それはそうだろうな！」

（実際は八名で、その筆頭は宦官の蹇碩だが、な）

袁紹は勘違いしているが、この話自体が元々宦官主導で行われていた話だったので、当然曹操もその情報は摑んでいる。というか袁紹よりも余程詳しく知っていた。そう。曹操はあえて知らない振りをして袁紹を煽て、現時点で彼らがどれだけの情報を摑んでいるのかを探っていたのだ。

そんな曹操の探りに気づかぬ袁紹は、自分が知っている情報をペラペラと明かしてしまう。

（袁家といえどもまだこの程度か。いや、もしかしたら袁隗あたりは全てを知っているが、筆頭が宦官であることを知ったら袁紹が騒ぐことを懸念して、情報を秘匿している可能性もある。うむ。油断は禁物だ）

曹操にとって袁紹とは、戦をしているわけでもなければ敵対しているわけでもないが、潜在的な競争相手である。加えて袁紹個人に負けることはなくとも、汝南袁家には勝てないということも曹操は十分以上に理解している。

だからこそ、というべきだろうか。

（穴は大きければ大きいほど良い。今はまだ勝てぬが、袁隗らが亡き後は……）

大人しく袁紹の下に付く気など毛頭ない曹操は、真剣な表情をしながら袁紹という人物を観察するのであった。

――後日、その観察が何の意味もなさなかったことを痛感することになるのだが、それはまた後の話である。

正しく理解出来ていなかったようだ。

「閣下、洛陽に巣食う連中は『官軍が前に出れば反乱軍は黙って頭を垂れて降伏する』と本気で信じている連中です」

「はぁ」

「そんな連中にしてみれば、辺境の軍閥の討伐に数ヶ月かけるなど有り得ないのでしょう」

「ば……そうですか」

思わず「馬鹿じゃねぇの」と言いたくなるのをなんとか堪《こら》えたようだ。と言うかそれで降伏するようなら初めから乱など起こさないとなぜ考えないのって話だ。

大体にして羌と言う部族は漢だろうが秦《しん》だろうが周《しゅう》だろうが殷《いん》だろうが、長年と言うのも憚《はばか》られるほどに長期間中央政府に対して逆らってきた連中である。

それがなんで、先年国内に居る普通の民衆にすら背かれた洛陽のクズに対して「降伏するのが当然」と考えられるのかが、董卓には心から理解できなかったようだ。

「そんなわけで補強と言いますかなんと言いますか、それで援軍が送られてきます」

「なるほど。それは理解しました。しかし李儒殿に言う必要があるとは思いませんが……」

洛陽には洛陽の面倒くささが有るのだろうが、涼州には涼州の面倒くささが有るって話か？

確かに俺も知識としては知っているが、実際にはわからんしな。現場に出た場合どのような行動を取るかわからないので、董卓は一応俺にも釘を刺すことにしたようだ。

実際に皇甫嵩はそのことを理解していなかったので、もしかしたら知らないのかもしれないと思ったと言うのも有るけどな。忠告はありがたく受け取るが一応安心はさせておこう。

「存じ上げておりますとも。私も彼らから牙を奪うつもりはございません」

「ご承知でしたか。えぇ、それで正解です」

俺が自分の言いたいことを正しく理解していたことがわかり、董卓は胸を撫で下ろした。

そもそも涼州軍閥とは羌を抑えるための存在だ。これは幽州の軍閥も似たようなモノだが、もしも彼らが洛陽の豚に従うような家畜になり下がれば、連中は「漢帝国恐るるに足らず！」と言わんばかりに四方八方から攻めこんで来るはずだ。

そうなれば漢という国は異民族によって蹂躙されてしまうだろう。

よって彼ら涼州軍閥の正しい使い方は、牙を残しつつ鎖で繋ぐこと。まさしく番犬扱いが正しいのである。

漢に所属し、異民族とは違うのだと言う誇りを持ちつつ、中央の豚に従わぬと言う気風を両立しているからこそ、彼らは異民族にすら恐れられる存在となっていることを忘れてはいけないのだ。

特に俺は三國志と言う時代がどのように終わったかを知っている。その為異民族に対してはキッチリとした統制を敷くか、完全に野放しにするかの二択しかないと言うこともわかっているつもりだ。

そして今の漢には彼らを纏め上げるだけの力は存在しない。ならば涼州の軍閥もまた潰さずに活用する方向で動かないと駄目だと言うことになるわけだ。

張温はそのことを漠然とだが理解しているようだが、彼に従軍してきた孫堅や陶謙《とうけん》は完全に理解できていないだろう。賊？　そんなものは殺せばいいだろう。という感じだ。

しかし物理的というか何と言うか、普通に考えて異民族を殺しきるのは不可能なので、結果として戦えば戦っただけ、双方に中途半端な恨みだけが残ってしまう。

それに今回の乱だって、言ってしまえば羌族の連中は漢という国の中央の混乱度合いを確かめる為に参加したようなモノだ（辺章と並ぶ首領とされる韓遂は「宦官死すべし」を標榜《ひょうぼう》しているが）。

それに対して簡単に中央から援軍が来ないと知っている涼州軍閥は、羌に味方する振りをして連中の動きをコントロールしているに過ぎない（実際洛陽に対する不満はあるだろうが、漢を滅ぼそうとは思っていない）。

そんな涼州軍閥《番犬》を「自分たちに噛みついたから」と言う理由で滅ぼせばどうなるか？　待っているのは防壁をなくした漢という国と、柔らかな横腹を狙う羌族による蹂躙しかない。

一応『外敵を用意してそれに一丸となって当たる』と言うのは効果的な統制方法の一つではあるのだが、今の洛陽の連中が一丸になったところで糞《くそ》の塊が出来るだけ。そんな軍勢では羌相手に戦をすることはできないと言うのは、何進も納得済みだ。

だからこそ今回は彼らを生かしつつ乱を収める必要がある。

これは董卓から見ても非常に難易度が高い難題だろう。いや、董卓だけなら問題はないが、俺や官軍が居ると簡単には行かなくなると思っているのだろう。

しかし今回は常識に従って動く必要はない。

「今回の乱は董閣下が涼州軍閥と連絡を取ってくれればそれで解決します。『我々が攻め寄せたら逃げてくれ。帰ったら戻ってくれて構わない』これだけで十分です」

「……本当にそれでよろしいのですか？」

董卓としては願ったり叶ったりな提案だろうが、そのような八百長をしては張温たちに見破られ、洛陽の連中に「羌と癒着していた」等と報告をされては困ることになると考えているのだろう。

たとえ「しつこい」と思われようとも確認を怠る気はないようだ。

なにせ献策している俺は何進の子飼い。董卓と違っていくらでも逃げることが可能なのだから、その心配も当たり前と言えば当たり前だ。

「先程も言いましたが、洛陽の連中はそれで納得します。張温殿については……まぁアレです。此方《こちら》からも説得する材料が有りましてね。ついでに言うなら、羌の方々にも『戦わずに逃げる』と言う行為に反対する者も居るでしょう？」

「説得材料ですか。それが何かは聞きませんが、確かに羌族にも跳ねっ返りは居るでしょう。とりあえず我々はそいつらを迎撃すれば良いと言うわけですな」

「そう言うことです」

実際にそういった連中は実際に自分たちに襲いかかってくる賊なので、それを追い払う行為に対しては八百長も何もない。また、そのような跳ねっ返りを討つことで今後の羌に対して「漢は侮れない」と教える楔《くさび》にもなる。

互いに多少の犠牲は出るだろうが、それは必要経費の一端だ。乱を収めるには相手を従えるだけの力があることを見せる必要があるからな。

「董閣下はあえて聞かないようにしてくださいましたが、情報の共有と言うことでお教えします。今回の編成で張温殿は大きな失態を犯しておりましてな」

「ほう、失態ですか？」

いや、現時点でこれを失態と言うのは酷な話なのだが、結果としては完全なミスだわな。

「ええ。今回の討伐に先立って車騎将軍となった張温殿は司空でありながら将軍府を設立しました。その際、元中山太守《ちゅうざん》の張純《ちょうじゅん》なるものから参陣の希望が有りましたが、これを拒否しております」

「ふむ。張純と言えば、確か先年の戦で黄巾に敗れた者でしたか？」

そう。万全の軍を率いて負けたことで名を落としたんだよな。

そもそもの話、この時代にありがちな過大評価、具体的には、ろくな実践経験もないのに二龍だの麒麟児《きりんじ》だの神童だの伏龍《ふくりゅう》だの鳳雛《ほうすう》だのという大げさ過ぎる評価はどうにかならんのか？　と言いたい。まぁ、今はそれについては良い。

「ええ。その張純です。彼は先の黄巾の乱において宦官に推挙され、我々に先んじて黄巾との戦に乗り出しましたが見事に敗戦しておりましてな。そこで汚名返上とばかりにこの戦に参加しようとしたのですが、張温殿に参陣を拒否されました。そこで汚名返上の機会と面目を失った張純が、烏桓の丘力居《きゅうりききょ》と連絡を取り合っているようでしてね」

「烏桓ですと?!」

そう。ここで羌や鮮卑や匈奴と並び、漢の北方を脅かす異民族である烏桓が動くんだ。羌が漢の衰退の度合いを測るように、烏桓もまた漢を推し量ろうとしたのか、それとも檀石槐の後継を名乗るための実績を求めたか、はたまた単純に略奪の隙と見たのかは知らんがな。

異民族による侵略の計画を知らされた董卓は思わず顔を顰《しか》めるが、俺はそんな董卓に構わず己が掴んだ情報を明かしていく。

「ええ、張温殿や官軍が涼州の乱を収めようとしている間に挙兵する予定です。加えて漢に不満を持つ黄巾の残党のような連中もその乱に加わると見ております」

「むう……」

これが黄巾の後に河北全体に広がった乱。俗に言う張純の乱である。

俺は最初からソレが起こることを知っているので、黄巾が終わったあたりから張温や張純の動きを探っていた。そこでしっかりと確執を作っていたのを確認。さらに張純が丘力居と連絡を取っていることも確認したわけだ。よって現時点で張純の乱の発生は確実であると言える。

このまま張純が乱を起こせば、張温はその元凶として洛陽に呼び戻されることになる。と言うか、そうなるように細工をして来た。大前提として、洛陽の連中にしてみれば涼州の乱よりも河北の乱の方が怖いし、此方の軍勢を率いる張温も無関係ではないから放置はできない。そうなると彼は何としても洛陽に戻ろうとするだろう。

問・ならば涼州の扱いはどうなるだろうか？

答・どうにもならない。

いや、ふざけているわけじゃない。連中を討ち滅ぼすのは物理的に不可能だし、そもそも深入りはできないので乱を鎮圧することすら難しいのが現状である。

しかし洛陽から呼び出しを受けた張温は向こうでこちらでの成果を問われた際に、まさか「何も出来ませんでした」と報告を上げることも出来ない。

結局適度な戦をした際に上げた首を以て勝利を喧伝し、さらには「戦に勝利した後、自分たちが止《とど》めを刺す為に追撃に向かったら涼州の反乱軍は官軍の威光に恐れをなして、戦わずに逃げた。さらに逃げた先で仲間割れをして軍勢が崩壊した」と報告を上げるしかない。

この報告により洛陽内部では辺章・韓遂の乱は終息したことになる。まぁアレだ、今も黄巾の残党が各地で騒いでいるのに、勝手に終息宣言を出すのと同じ原理だ。

そして張温は自らの失点を挽回するために河北へ赴くことになる。

何せそうしないと各方面から叩かれるからな。皇甫嵩に代わり張温を派遣することにした宦官閥だって一枚岩ではないし、名家閥も宦官の失点を突くために騒ぐに決まっている。

結果として涼州の乱は、官軍を恐れた連中が勝手に分散したこととなり、洛陽の連中の記憶から消えることになる。

その後、洛陽では分散したことになった涼州軍閥や羌の者たちは、官軍という共通の敵をなくしたことに加えて、董卓により煽られた結果、互いの利害や目的の相違から仲間割れを起こすことになる。

つまり、結果的にではあるが、反乱軍は張温の報告通り自滅と言う形で終わってしまうことになるのだ。いや、正確にはそうなるように調整をしている最中と言ったところか。

張温に呼び出されてわざわざ涼州まで来ることになる孫堅や陶謙にすれば茶番以外の何物でもないだろうが、彼らとて手伝い戦で西涼の奥地に攻め入るのは御免だろうし、そもそも現在の官軍では本気の羌や涼州勢を相手取るには分が悪すぎると言うことも理解できるはず。

……理解出来るよな？　いや、出来ないなら理解させるだけか。

でもって、元々洛陽の連中は羌の総数を知らないのだから、数千の跳ねっ返りを討ち破ったという実績があればそれ以上は必要ないと言える。

普通は騎兵数千の討伐というだけでも十分大きな手柄だしな。あとの懸念は宦官が殺したがっている韓遂については、どうせポーズなのだから「涼州の奥地で野垂れ死んだ」とか言って適当に誤魔化せば良いだろうさ。

「なるほど。では洛陽の連中は涼州どころではない状態になると言うことですな」

「そうなると見ております」

うむ。要点はそこだ。

「しかし大将軍閣下はどうなさるおつもりで？」

張温が失態を犯したのはわかった。だがソレを知りながら何進は黙認すると言うのか？　って疑問か。わからんではない。

「まずは車騎将軍殿のお手並み拝見と言うところでしょう。そもそも張温殿は宦官閥に属するお方です。その為、大将軍閣下のお力は借りようとせず、自分でカタをつけようとすると見ております」

「……宦官閥ですか」

俺としても有事の際に派閥など下らない！　と思う気持ちはもちろん有るが、董卓も他の武官と同じように宦官を嫌っている。その為、元から張温の為に動くと言う気はなかったが、この瞬間にさらにその気がなくなったようだ。

「ええ。そうしてどうしようもなくなったら何進閣下が動きます。ですので董閣下は涼州に専念してくださって構いませんよ」

「なるほど」

とりあえず董卓は、何進が自分に望むのは涼州軍閥の連中が必要以上に傷つかないように、程良く羌と官軍の動きを調整することであると理解してくれればそれで良い。

そして彼の立場ではそれがわかっただけでも十分なんだよな。少なくとも俺が居れば洛陽から来た連中に嵌められる心配もなければ、命令違反だなんだで殺されることはないのだし。

ならばこの乱でせいぜい西涼の軍閥に貸しを作るとしようって感じに動いてくれれば最良だ。


〜〜〜〜〜〜〜〜〜〜〜〜〜〜〜〜〜〜〜〜〜〜〜〜〜〜〜〜〜〜〜〜〜〜


結局のところ董卓には何進や李儒の狙いが良くわからなかったのだが、現状ではどう転んでも自分に損はないと判断し、彼らの指示通りに涼州軍閥と繋ぎを付けるように動いていくこととなる。

どれだけ洛陽から離れようが、宦官や名家の連中の手は伸びてくる。その手を正面から食い破れるだけの力を得たとき、彼らはどう動くのか。

激動の時代は幕を開けたばかり。英雄たちの戦いはコレから始まるのだ。

中平三年（西暦一八六年）九月　長安

「えぇい車騎将軍《張温》殿は何を考えておるのだ！」

ここ数日。張温と共に反乱の鎮圧のために長安まで来ていた別部《べつぶ》司馬・孫堅は不機嫌の極みにあった。それと言うのも、態々長安くんだりまで来たと言うのに肝心の指揮官である張温が兵を前に進めようとしないからだ。

戦に勝つためには前に出なければならないのは当たり前の話だ。さらに敵は黄巾とは違い、自前で兵糧を用意できる遊牧民族であるため、兵糧切れを狙えるような勢力ではない。

そもそも前任者である破虜将軍董卓が、朝廷からの討伐命令を無視して相手と勝手に交渉を行っている節もある。それなのに張温はそれを諌めるどころか「相手が我らの陣容に怯《おび》えて交渉に応じ、降伏するならそれで良いではないか」と宣《のたま》う始末。

確かに兵法にも『百戦百勝は善の善なる者にあらざるなり。戦わずして人の兵を屈するは善の善なる者なり』と言う言葉は有る。

敵が勝手に降伏してくれると言うならそれが一番良いだろう。

「だが今回は状況が違う！」

連中は自分たちが居る間は頭を下げるかもしれないが、帰還したら再度漢と言う国に叛旗《はんき》を翻すのが目に見えているではないか！

それ故、董卓が向こうに付いた涼州軍閥の中で数人の人間を選び、裏切らせて内部で争わせようと言うのもわからないではない。

しかしそれだって言ってしまえば漢に歯向かった者を勝手に許す行為だ。中央の連中がこれを知れば、自分たちを裏切り者扱いしてくるだろう。

それを恐れて張温は正式な許可を出さずに黙認と言う形を取っているのだろうが、策としてやるならしっかり腰を据えてやれと言いたいし、その為に軍規違反を許すのとは違うだろうという気持ちが強い。

それに連中が降伏するも何も、コチラを見ただけで降伏する程度の連中が反乱を起こすはずがない。万が一その程度の敵だと言うならさっさと打ち破り、その後に降伏勧告をすれば良いではないか。

そう訴えれば、

「では逃げられた場合は何処《どこ》まで追うつもりだ？　その際の補給はどうする？　連中が我らではなく補給を狙ってきたら、我らは兵糧もなく涼州の荒野で立往生することになるのだぞ？」

などと、もっともらしいことを言ってくる始末であった。

確かに補給に関しては一理ある。それなら「補給部隊を強化すれば良いだけだ」と言えば簡単なのだが、流石の孫堅も遮蔽物のない平地で大量の騎兵を相手に戦をしたくはないので「自分が補給部隊を率いて、連中をおびき寄せる！」とは言えなかった。自身にソレをするつもりがない以上は、補給部隊の増強など軽々しく提案するわけにも行かない。

兵法上の理由が有って長安に留まり、相手の連携を断つために策を弄《ろう》したり、相手に重圧をかける為に官軍が長安で睨《にら》みを利かせるという策は、決して無意味な待機ではないのだろう。

だが、それではいつまで経《た》っても戦が終わらないではないか。向こうだって一戦して負けたのなら分裂する可能性も有るが、一度もぶつかっていない状況での懐柔工作は弱気と見られる可能性の方が高い。

　結局、一度は戦をするべきだと考える今の孫堅から見て、董卓は命令違反の現行犯であり、張温はそれを裁けぬ及び腰の臆病者だ。自分と一緒に来た陶謙も、董卓の行動には多少の理解を示しているが張温に対しては不満を募らせていた。

　そして何よりも孫堅がイラついているのが……

「殿、お座り下され」

「殿の分はまだまだ終わっておりませぬ」

「ですな。まずは殿に理解して頂かねば」

「ええい放せ！」

「「「放しません！」」」

　黄蓋《こうがい》・程普《ていふ》・韓当《かんとう》といった孫堅の股肱《ここう》の臣たちが、孫堅を捕まえて上座に座らせ書類仕事をさせようとすることだったりする。

「何故この俺が長安まで来て書類仕事などせねばならんのだ?!」

「「「必要だからです」」」

「くっ！」

　これまで数多の賊を討伐し、黄巾の乱でも抜群の武功を上げたことで昇進を果たした孫堅も、目の前の書類の束は一刀両断することも出来ず頭を抱えることになる。

江東《こうとう》の虎と呼ばれ、武名高い孫堅が地獄《書類》を見ることになったのは、先だっての乱に於いて名実共に大将軍として認められた何進によって長安に派遣されていた彼の懐刀である李儒による罠（孫堅は本気で罠と認識している）が発動したせいである。

李儒曰《のたまわ》く、「今回の乱が収まれば、孫堅殿には長沙《ちょうさ》の太守となって頂きます。県令ではなく郡太守ですので今のうちに政を学んでください。あぁ、黄蓋・程普・韓当の三人にも軍政を学んで頂きます。いやはやいきなり郡太守と都尉ですからな……厳しく行きますよ」

「「「はぁ?!」」」

孫堅はもちろん、名指しで指名された三人にもまさしく寝耳に水の宣言であった。

いきなり何を言っているのだ？　と声を荒らげそうになった孫堅だったが、目の前にいる若僧は何進の懐刀にして自分たちの監査役でもある男だ。

そんな相手に無礼を働けば、自分も皇甫嵩や盧植のように捕縛されてしまうと考えられ、とてもではないが逆らう気にはならない。

しかも、良く良く考えれば彼の言葉は洛陽の連中が語る夢物語を実現させるような無理な命令と言うわけではなく、武功に対しての褒美を約束しているだけである。

黄蓋らは「郡を預かる身となるのだからしっかり学べ」と言われて完全にその気になっているし、孫堅に書類仕事をさせようとするのも孫家の為だと本気で思っているので、容赦する気がない。

孫堅としても現役の弘農丞である李儒によって教えを受ける中で、自分たちが如何に政を理解していなかったかを痛感しているし、孫家の為に必死で学ぼうとしている部下を蔑《ないがし》ろにするつもりはない。

しかし、いくら頑張っても終わらない書類の山は駄目だ。

兵法だとか軍の運営に関わる事ならまだしも、いきなり一郡の太守に必要な教養を身に付けよと言われても「無理！」としか言いようがないのだ。

今から生兵法で統治を学ぶくらいならば、初めから出来る人間を幕下に加えれば良いだろうが！　と主張したが、それだって「本人が理解していなければ佞臣《ねいしん》に騙されてしまいます」と言われてしまえば反論も難しい。

そんなわけで現在、孫堅は李儒と己の家臣たちによってその動きを封じられていた。その事を知る張温あたりは「奴が殊更出撃を主張するのは書類仕事から逃げる為だろう？」と半ば確信しているとかいないとか。

「くそっ！　やれば良いのだろう！」

「「その通りでございます」」

たとえ歴史に名を残す英雄であっても、書類からは逃げられないのだ。

中平三年（西暦一八六年）九月　長安

書類に潰されそうになっている孫堅とは全く違う状況では有るが、張温は張温で現在李儒から齎《もたら》されたある情報が記された竹簡を前にして内心で頭を抱えていた。

「……張純の阿呆が烏桓と手を組んで蜂起、だと？　これは真実《まこと》か？」

「はっ。間違いありません。更に言えば元泰山《たいざん》太守の張挙《ちょうきょ》殿も張純と共に挙兵する予定です」

「張挙まで?!」

いきなり齎された情報を疑って確認を取れば、更に面倒な情報が出てくる始末。ここまで具体的な情報が出てくると言うのなら、これは事実なのだろう。しかし事実なら事実でわからないことがいくつか有る。

「……何故大将軍殿は今のうちに両者を討たないのだ？」

彼らが乱を起こすと言う情報を摑んだなら、さっさと捕らえて殺すべきではないか。何故それを放置して、更に儂《わし》にその情報を与えるのかがわからん。

これが判明しない限りは、たとえ情報が本当であっても軽々と動くことは出来ぬ。洛陽の澱みは司空である儂といえど、軽く見て良いモノではないのだ。

「大将軍閣下のお考えとしては、まず彼らに従う者たちを炙《あぶ》り出すことが第一とのことです」

「ふむ。なるほど。漢に巣食う身中の虫を出し切る心算か」

確かに先ごろの黄巾の乱に於いて不穏分子は一掃されたように見えるが、実際はまだまだ漢《洛陽》に隔意を持っている者は多いからな。それとは別に北方の異民族は初めから漢に従うとは思われていないので、張純の乱を利用して彼らを釣り出そうと言うのはわからんでもない。

「そうですね。後は車騎将軍閣下に貸しを作る為かと」

「……言ってくれる」

なるほど。何進が身中の虫の討伐を目的にこの乱の発生を黙認する以上、乱が起こるのは確実。その乱が起こってしまえば洛陽の連中は儂を無関係だとは思わないだろう。

と言うか張純は儂を貶める為に「乱を起こしたのは張温に面目を潰されたからだ！」と声を上げてくるはずだ。

その際に儂を処罰するのではなく、擁護することで貸しを作ると言うわけだ。おそらくは先ほどの身中の虫云々は建前で、此方こそが何進の狙いなのだろう。

それに、実際のところ何進は外戚の筆頭として大将軍を拝領したのであって、実際に武功や武才を評価されて抜擢されたわけではないからな。

だからこそ今まで軍部の連中は彼と一定の距離を置いていた部分もある。それが先年の乱を即座に鎮めたことで、今では軍部の人間も彼を認めつつあるのは確かだ。しかし、それでも何進に従わない者は数多くいる。

その筆頭が宦官閥という後ろ盾を持ち、車騎将軍と言う武官の要職に任じられておきながら司空と言う三公の内政官を兼任する儂だ。何進にしてみたらここで儂に恩に着せることで、宮廷工作を有利に進めようと言うのだろう。

……悔しいが良く考えられている。己の失敗《張純の逆恨み》を利用されるのは面白くないが「そんなことの為に乱を容認するのか！」と憤りを抱くほど儂も青くない。むしろ何進の狙いが読めて納得したくらいだ。

こうなればさっさと洛陽に引き返して張純の首を刎ねたいのだが、今の自分は勅によって西涼の乱を鎮めるよう命じられているので、勝手に引き返すことは出来ぬ。

何せまだ河北で乱は起こっていないのだからな。万が一この情報が嘘だったり、自分が戻ったことで張純が乱を起こさなければ、この儂こそが逆臣として捕縛されてしまうだろう。ならば今はここで乱が起こるのを待つしかない。そして孫堅が言うように下手に戦をするのも悪手。調子に乗って涼州の奥地まで攻め込んでしまえば、洛陽からの使者の到着が遅れてしまう。

何進に儂を擁護するつもりがあるのかもしれないが、すぐにでも洛陽に戻れる位置に居ないと連中によってどのような扱いになるかもわからんからな。

涼州の奥まで攻め込むつもりなどないぞ。また、董卓による涼州軍閥への介入も、ここにいる李儒が黙認していることから何進からの命令で行われていることは一目瞭然。そこにどんな狙いが有るかはわからんが、これから自分を擁護する予定の何進の狙いを潰すわけには行かぬ。

さりとて明確な命令違反に対して明け透けに協力するわけにも、な。故に黙認と言う手段を取っているだけに過ぎないと言うのに。

孫堅や陶謙にはその辺の視野がないのが悔やまれるのぉ。

いやまぁ、下手に政治に干渉するような連中を連れて来ていたら今頃内部告発をされているだろうから、アレはアレで良いのかもしれんがな。

「……一応聞くが、こちらでの戦の予定はどうなっておる？」

何進にどんな狙いがあるにせよ、全く戦をしないと言うわけにも行かん。それにこちらの主戦派連中を黙らせる為にも、これは聞いておかなければならんよな。

「すぐにはないでしょうが、遠い日でもありません」

「ほう」

遠くない、か。

「現在董卓閣下が連中と交渉を行い、こちらに積極的に攻め寄せたいと言う主戦派と、慎重さを求める穏健派を分離している最中です。辺章や韓遂としても、我らと戦う前に決定的な仲違《なかたが》いを起こす前に一度向かって来る必要があると考えるでしょう」

「なるほどな。それはそうだろうよ」

羌の連中はただでさえ血の気が多いし、漢を恐れてはいないのだ。

対して涼州軍閥は漢を恐れてはいないが、漢の底力も知っている。しかし同時に洛陽の腐敗具合も知っている。故に、黙っていれば洛陽の連中が儂らの足を引っ張ると言うことは予測できるわな。

……実際に前任の皇甫嵩がそうだった。

つまり「連中の事情など知らん！　漢など恐るるに足らんのだからさっさと出るぞ！」と前に出ようとするのが主戦派で「黙っていれば敵が弱るのだから、もう少し待て」と言う連中が李儒の言う穏健派なのだろう。

どちらも漢との戦いを否定していないところが連中の気の荒さを表していると言えるが、向こうの韓遂や辺章はそんな連中のかじ取りをするのだ。現状で出撃を要請してくる孫堅や陶謙を抱える自分よりもよほど胃を痛めていそうだ。

ま、向こうは身から出た錆《さび》ゆえ、同情には値せんが。

「具体的には、大規模な戦は十一月前後になるように調整しております」

「……調整か（完全に連中も掌の上かよ。今回の絵を描いたのが何進なのか李儒なのかは知らないが、この状況で流れに逆らっても良いことはないな）」

「多少のずれはあるでしょうが、現状ではそうですね。できましたら閣下も諸将にもそれに合わせて動くよう通達をお願いします」

「うむ」

特に反論する理由はない。それにこのことを伝えれば、二言目には戦だ戦だと騒ぐ陶謙も孫堅も少しは静かになるだろうよ。

与えられた情報から最善の行動を取るのは将帥として当然のこと。

そしてこの場合の当然とは、孫堅や陶謙の暴走を抑えつつ時を待つことじゃろう。


～～～


こうして己を取り巻く諸般の事情を理解した張温は、自身が引き連れてきた諸将に対し、戦闘準備をするよう下知を下すことにした。

その官軍の戦支度の情報は何処からともなく涼州軍閥にも流れ、彼らからその情報を得た羌族も「官軍を正面から打ち破る機会だ！」と意気を高めていく。

羌・涼州軍閥連合と官軍の戦いの日は近い。


中平三年（西暦一八六年）十月中旬　司隷・長安

残暑も終わり、乾いた空気の中に肌寒さを感じる季節となり始めた頃のこと。

この日、五万の官軍と数万の現地諸侯軍の連合軍が城門の前に集められていた。

彼らの様子を見れば、これから何があるのか？　と周囲を確認する者や、上司から話を聞いていたのか特にリアクションを起こさずに待機している者など様々で有ったが、全員に共通していることとが有る。

それは彼らの表情にある種の覚悟が籠っている事だ。

そんな彼らの前、長安の城壁の上に車騎将軍たる張温が現れ、その後ろに董卓・李儒・孫堅と言った将帥が並んでいた。ここまでくれば誰にでもわかる。コレから始まるのは訓練ではない。出陣前の訓示である。

「諸君。待ちに待った時が来た」

今まで無言で待機していた者は更に背筋を伸ばし、ざわついていた者はぴたりと動きを止めて、それぞれが城壁の上に立つ張温を見上げる。

その様子に満足したのか、張温は一つ頷いて訓示を続ける。

「諸君らの中には、ここ長安まで遠征に来ておきながら、我々が積極的に動かなかったことに疑問を覚えた者も居るだろう」

その言葉を受けて頷く者。左右を見渡す者。微動だにしない者など様々な者が居るが、基本的に全員が無言で張温が発する声を聞き取ろうとしていた。

「連中は我らが臆病風に吹かれたと喧伝しているが、何のことはない。我々は敢えて動かないことで、連中を追い詰めていたのだ」

追い詰める、ではなく追い詰めて**いた**と断言する張温の言葉に、居並ぶ者たちは衝撃を受ける。

「そして既に準備は整った！　連中は自らが終わっていることにすら気付いてはいないッ！　わか

るか諸君。既に我々の勝利は確定しているのだッ！」

張温が「勝利が確定した」と自信満々に言い切ると、眼下の軍勢の表情には「これから戦に出る」と言う不安から生じる恐怖はなくなり、逆に「勝てるのだ！」と言う思いから来る高揚が生まれ、それが徐々に伝播《でんぱ》していくのが城壁の上からでも手に取るようにわかる。

「諸君。漢の精鋭たる諸君！　連中に思い知らせてやろうではないか！　漢の偉大さを！　官軍の精強さを！　そして我々に逆らうことの愚かさをッ！」

「「「お、おぉぉぉぉぉ！！！」」」

古今東西。勝馬に乗ったと確信した兵と言うのは明るく、猛々しくなるものだ。徐々に語調が強くなる張温のテンションに呼応するかのように、兵も雄叫《おたけ》びを上げていく。

「連中を葬る戦場は右扶風・美陽《びよう》！　そこには既に連中の屍《しかばね》を埋める墓穴も既に用意している！」

「「「おぉぉぉぉぉぉぉぉぉぉ！」」」

「漢の敵に死を！　我らの敵に死を！」

「「「漢の敵に死を！　我らの敵に死を！」」」

「よろしい。ならば戦争、否、粛清だッ！　全軍出撃せよッ！」

「「「うぉぉぉぉぉぉぉぉぉぉ！」」」

官軍出陣。

この報は長安周辺だけでなく涼州に伝わることになる。同時に張温の訓示もまた、一言一句違えずに涼州軍閥の下に届けられることになる。

それが策の仕上げで有ると知っている者は、この場にどれだけ居るだろうか？

少なくとも兵の激情を目の当たりにしながらも、城壁の上で無表情を貫く若者が知らないと言うことはないだろう。

涼州・漢陽郡漢陽・辺章・韓遂の陣

「……向こうは長安から出陣したようだぞ」

「そのようだな」

「何を落ち着き払っている韓遂！『そのようだな』等と言っている場合ではないだろう！」

韓遂と共に乱の首謀者とされる辺章が、冷静な顔をして地図を見ている韓遂を怒鳴りつける。辺章にしてみれば、今回の乱は羌に便乗した涼州の宋揚や北宮伯玉によって引き起こされたモノであり、自分たちは巻き込まれただけだという思いが強い。

それなのに今や自分が乱の主導者のような扱いを受けているではないか。

何故自分がここまで追いつめられなければならないのか？　その不条理に憤っているのだ。加えてこの気持ちを唯一理解出来るハズの韓遂が、こうして涼しい顔をしているのが全く以て理解が出来ないのも辺章が憤る要因の一つとなっている。

「そう言われてもな。いずれ出てくることはわかっていただろう？」

「それはそうだが！」

辺章の気持ちは理解できるものの、韓遂には韓遂の言い分が有る。

洛陽の連中が尻を叩いたかどうかはわからないが、張温とて数万の軍勢を預かっておきながら、一切前に出ないと言うわけには行かないのだ。

何せ兵糧とてタダではない。戦が長引けば長引くほど漢の財が減るし、ひいては洛陽の連中の取り分にだって関わってくるだろう。連中の事を少しでも知っていれば、そんな状態を甘んじて受け入れることなど有り得ないと言う結論に至るのも当然のことである。

韓遂から見て何進は多少の見所が有るようだが、彼一人が居たところで洛陽の阿呆共を止めることは不可能と思っている。それは何進に近い立ち位置に居たはずの皇甫嵩があっさりと更迭されて、宦官閥の張温が後任に据えられていることからもわかる。

こういった裏の事情を考えれば、張温が長安から動かない方が不気味だったくらいだ。故にこうして動いてくれた方が対処しやすいとも思っていたので、この知らせは渡りに船、といったところだろうか。加えて彼が落ち着いているのにはもう一つ理由が有る。

「そもそも董卓からも連絡が来ていただろう？『自分たちが動いたら退いてくれ、帰ったら前に出ろ』我らはそれに従うだけの話ではないか」

いざとなれば西涼の奥地へ逃げれば、官軍がどれだけ追ってこようとも逃げ切れるのだ。深追い

して来たなら補給線を叩けば良い。つまりどう転んでも自分たちに負けはない。この状況で何に焦れと言うのか。韓遂にしてみたら辺章が憤ることは理解出来ても、焦る理由が理解出来なかった。

「それもだ！」

「それも？」

「何故董卓は我らにそのようなことを言って来たのかと言うことだ！」

「いや、董卓が涼州軍閥の在り方を理解しているからだろう？」

涼州軍閥を滅ぼすことは出来ない。ならば鎖で繋ぐしかない。ただそれだけの、実に簡単な話ではないか。

しかしそんな韓遂の「何を言っているんだコイツは？」と言わんばかりの態度が、辺章を馬鹿にしているようにしか見えず、益々《ますます》彼の頭に血を上らせていく。

「そういうことではない！　それに、報告を見ろ！　張温は我らを倒す算段を付けたと広言しているのだぞ?!」

「正確には『勝利は確定している』だがな」

「そんなことはどうでも良いッ！」

勝ち目が有ると言うのと、既に終わっているでは大きな違いが有るのだが……韓遂はそう思うも、流石にこれ以上の揚げ足取りは辺章を怒らせるだけだと言うことがわかっているので、敢えて言うことはなかった。

代わりにもっと直接的なことを指摘する。

「ではどうする？　董卓の言うことに逆らい、退かずに官軍とぶつかるか？　確実に何か仕組んでいるのだぞ？」

「向こうが何を仕組んでいようと関係あるまい！　むしろここまで言われて退けば、我らが後ろから射たれて殺されるぞ！」

「まぁ。それもそうなんだがな」

事の始まりを見れば、自分たちは担がれているだけなのだ。

そうである以上、担いでいる連中が「自分たちに価値なし」と見做せば容赦なく殺しに来るだろうと言う辺章の意見はわかる。

更に羌も涼州軍閥も「戦わずに退く」ということが出来るような思考はしていない。

韓遂にすれば「逃げればそれで済むと言うのに、何故無駄死にしようとするのか？」といったところだが、面子《メンツ》という言葉を念頭において考えれば、彼らの言い分も理解できないでもないのが痛いところであった。

「……では辺章は我らも美陽に出るべきだと言うのか？」

確実に罠が仕込まれている地に、自分から飛び込むと言うのか？　言外にそう尋ねれば、辺章は兵法上の悪手と理解しながらも、否定するどころか全力で肯定する。

「そうだ！　官軍が仕掛けた罠など食い破れば良いだろう！　それに、だ」

「それに？」

「もし連中が罠に嵌って負けたなら、その時は官軍に降《くだ》れば良い。『反乱軍を罠に誘導した』と言うのは実績になるだろう？」

「……なるほど」

自分は巻き込まれただけと考えている辺章ならではの意見である。元々の原因だけでも酌量の余地が有るかもしれないと思っているのに加えて、手柄を上げれば尚更！　と言ったところだろうか？

確かに彼の立場ならそう考えてもおかしくはない。

だが……甘い。

洛陽のクズ共はそんな生温い性格をしていない。巻き込まれようがなんだろうが一度羌に降ったのは事実である。そのうえ、自分たちは賞金まで懸けられているのだ。

一度正式に手配された以上、これを取り下げることは連中の威信に関わることになる。故に絶対に自分たちが許されるなど有り得ないし、そもそも洛陽に着く前に賞金や武功目当ての連中に殺されて終わりだと言うことが理解できていない。

まして韓遂は洛陽の連中に疎まれているので尚更だ。

とは言えここで「尻尾を巻いて逃げる」などと言えば、自分が羌や涼州軍閥の連中に殺されるのは確実。

さらに張温が用意した策と言うのがハッタリを使った離間策で有る可能性も考えれば、やはり退くことは出来ない。

結局のところ、逃げるにしても戦うにしても一度前に出る必要があると言うことになる。

「どちらにせよこのまま退けないのは事実ではあるし、黙っていては殺される、か。……動くしかないな」

どちらにせよ動くしかないという状況に追い込まれた。李傕からすればこれこそが『選択肢を奪われる』ということなのだが、今の彼らにその自覚はなく、あくまで自分の意思で前に出ることを決意したと思い込んでいた。

これも張温の演説に込められた策である事に気付くことはなかった。

「そうだ、このままではどうにもならん！　まずは動くぞ！　……そもそも私は連中がどうなろうと知ったことではないのだからな！」

かなり投げやりになっているが、元々辺章には韓遂とは違い『漢』と言う国に逆らうだけの気概などなかったのだ。それなのにこの状況だ。……彼の心の内を考えれば、韓遂にも辺章が投げやりになる気持ちはわからないでもない。

「今は見逃すが、それはあまり大声で言って良いことではないぞ？　気を付けろ」

しかし、気持ちがわかるからと言って流石にここまで明け透けにされ、自分たちを担いでいる羌の連中や涼州勢に聞かれて一緒に殺されても困るので、多少の釘を刺すことは忘れない。

「あ、あぁ。そうだな」

釘を刺された当人も一応の反省はしたようだが、所詮は己の命が惜しいだけの小者である。もはや辺章の心底にある「自分は被害者だ」という意識は消えることはないだろう。そう言ったものは本人の自覚なしに外に出るし、蔑まれる側の人間はそう言う感情に敏感であることを考えれば、辺章は危ういと言わざるを得ない。

「では我らも美陽に出陣しよう。あぁその前に、全軍に対してこの張温の訓示をしっかり聞かせた方が良いだろうな」

「うむ。罠だと知って挑むのと、何も知らずに挑むのは違うからな！」

（はっ。どうせなら勝ってから降りたいとでも言うつもりか？　……どこまでも甘い。

これは、はねっ返り共を罠に誘導して使い潰す為の下準備。罠が有ることを知りながら突っ込んだなら連中の自業自得よ。戦が終わったあとで感情的になった羌族の者たちに殺されることも有るまい。

そして被害が少ないうちに退くことで、叛の火種を残すとしよう。

漢と言う国には敵が必要なのだ。それも、その敵を倒す為に全てが一丸となる必要があるくらいの強敵が。宦官だの名家が足を引っ張っては勝てないくらいの強敵がっ！

漢と言う国の為に、漢に生きる民の為に！　この韓文約、反乱の徒の悪名も甘んじて受け入れようではないか！）

最初は巻き込まれただけであった。しかし、韓遂はこれを好機と考えることにしたのだ。

張温・韓遂・辺章。それぞれの思惑が交差する中で、双方合わせて二十万を超えたと言われる辺章・韓遂の乱はここに佳境を迎えようとしていた。

十一月初旬　司隷・右扶風・美陽

「車騎将軍《張温》は何をしているのだ！」

少し前に長安で孫堅が怒鳴り立てていた台詞《せりふ》が、ここ美陽にて時と場所と使い手を変えて叫ばれていた。歴史は繰り返すと言ったところだろうか？

そんな指摘された人間の誰もが不幸になる諧謔《かいぎゃく》はさておくとして。

怒鳴り声をあげたのは、先陣を任された董卓その人であった。

美陽に先着した董卓は、張温率いる官軍の主力が未《いま》だに到着しないことに腹を立てていた。

さらにこの遅れが予想外の何かがあったせいではなく、単純に官軍の準備不足が原因なので「普段から偉そうにしている癖にいざというときにこれか！」という気持ちが乗ったことで、さらに苛立ちを増している。

……長安での演説の後、意気を上げた官軍は即座に進軍を開始した。と言うことになっているが、実際はかなりグダグダであった。

まず地元で地の利が有り多数の騎兵を率いる董卓が、地元の諸侯と元々率いていた軍勢と合わせて二万五千の兵を率いて美陽に先着した。

これは後から来る連中の為に陣を設営していくという橋頭堡《きようとうほ》的な意味を持つので、彼としても問題ない。

次いで兵の数が少なく、前々から準備万端整えていた李傕が大将軍府で用意した自前の兵、およそ五千を率いて着陣。董卓が設営した陣に手を加えていく。これも予定通りなので問題はない。と言うか、そもそも董卓にとって李傕は命綱であって決して足手纏いではないのだから李傕が官軍を置き去りにして出陣し、予定通り着陣したことに内心で安堵《あんど》の溜め息を吐《つ》いていた。

しかし問題はこの後だ。本来ならば今頃は五万の本隊と言うべき軍勢を引き連れた張温が到着している予定なのである。しかし現状彼らは長安から動いていなかった。いや、動けていなかったと言うべきだろうか。

出陣が遅れている理由としては、あの演説自体が一般の兵に内密で計画されていたことで有り、ほとんどの部隊は籠城戦の準備はしていたが進軍の準備を整えていなかったことにある。

これは張温にとっても想定外のことであった。確かにあの訓示と言うか演説は抜き打ちで行ったからこそ兵の士気を上げる事に成功したし、これまで一切情報が洩れなかったことで羌や涼州軍閥の連中に対して意表を突けたのは事実だ。

兵が出陣すると言えば一言で済むのだが、五万の正規軍が動くと言うのは簡単な事ではない。

これも出陣してしまえば後は現場の空気で何とでもなる場合が多いのだが、出陣する前の段階では色々なしきたりやら格式やらが有って、面倒極まりないのが実情だったりする。

具体的には出陣する日付や時間、軍勢が出る城門の方角・それに合わせた部隊の順序などだ。これらを天文官やら占い師やらが集まって決めると言うことが、極々普通にまかり通っているのが後漢クオリティなのだ。

現場主義者が集まる現地戦力を纏めている董卓や、そういうのを一切気にしない李儒は初めからそんなことにこだわる連中を連れて来ていないのだが、官軍の将帥である張温はそう言うわけにも行かない。

彼らの顔を潰しても良いことなどないし、実際に吉兆を占うことに意味を見出している将兵は多いので、それらに対してどうしても気を遣う必要がある。

さらに率いられるのは兵の数は多いが決して練度が高いとは言えない官軍なので、陣容の変更だとか順序だとか言われてしまえば、全軍の動きが滞るのも当然の話。結果として予想以上の時間を取られてしまっていた。

まぁそれもこれも彼らにしてみれば必要な事であったし、張温の演説のせいで浮かれてしまった上に、危機感もなくなってしまったので末端の兵ほど「急ぐ」と言う発想に至らないという、ある意味で中だるみのような状況が出来上がってしまったのだ。

その結果、進軍（出発）に時間がかかってしまうのは仕方のないことではある。と、官軍の大多数は思っていた。実は官軍の中でも孫堅以外はこれを問題視していなかったりする。

だが、少数で反乱軍と相対することになった今の董卓には、官軍の動きを仕方のないことだと言って許す気持ちにはならなかった。

何故なら張温の訓示を受けた官軍に影響を受けたのか、ただでさえ量に勝る羌と涼州軍閥の軍勢が予定とは違う行動を取ってきたからだ。

「ふむ。わざわざ『前に出たら退け』と教えてやったにもかかわらずこうして全軍で前に出て来るとは。韓遂や辺章では彼らを抑えられなかった、ということでしょうか？」

「……お膳立てを依頼されたにもかかわらずこの体たらく。誠に申し訳ない」

董卓とて、まさか「黙って退け」と言い含めていた連中が、こうしてほぼ全軍を引き連れて前に出てくると思っていなかった。これは客観的に見て完全に董卓の失点となるだろう。

「あぁいえ。董閣下に含むところはありませんよ。彼らは『退け』と言われて大人しく退くような連中ではなかったと言うだけのこと。つまり彼らの獰猛《どうもう》さを見誤った私が未熟だったと言うだけの話です」

自分の策の失敗を何でもないことのように述べる李儒だが、流石に董卓はここで「そうですね」とは言えない。そもそも自分は彼らの獰猛さ（と言うか血の気の多さ）を知っていながら、李儒からの依頼を引き受けたのだ。

それなのに今更になって「李儒の見込みが甘かった」などと言って非難するのは己の首を絞める

のと同じことになる。

その為この場で董卓が取れる最適解は無言で頭を下げることだった。

しかし李儒とて連中の性格は知っている。それに鑑みれば敵は退けと言われて大人しく退くような連中ではないことなど明白であり、むしろこの状況こそが彼が望んだ状況と言えた。

「とりあえずは長安に使者を出しましょう。態々死地に飛び込んできた連中を葬るのはそれからですな」

「……はっ」

ここで李儒が言いたいのは長安へ援軍を要請すると言うことではなく「自分たちで全部片付けても構わないが、それだと確実に文句が出る」と判断し、長安に「敵が来たから急ぐように」と言う使者を出すと言うことだろう。

董卓としても、元々罠は有るんだし本隊が居なくとも、ここ美陽での戦において勝利することに疑う余地はない。故に李儒の提案にも異論はなかった。

にもかかわらず返答に詰まったのは、李儒の目を見てしまったからだ。

それはまるで足元に転がる路傍の石を弾《はじ》くような、はたまたこれから捌かれる羊を見るかのような視線。

……戦後、董卓は配下に「敵よりもあの目が何よりも怖かった」と語ったという。

美陽・辺章・韓遂の陣

「むぅ……」

ここに来るまでは「官軍何するものぞ！」だとか「大丈夫だ！　そう、大丈夫だ！」と自分に何かを言い聞かせ情緒不安定になっていた辺章、流石に戦場での嗅覚は鋭いのか、官軍が用意したであろう敵陣を見て、思わず呻き声を上げていた。

しかし、今回はその嗅覚が仇《あだ》となり、今では戦う前から自らの負けを確信してしまっていた。

「……してやられたな」

そして韓遂もまた、戦う前から今回の戦における負けを確信していた。

これは二人だけではない。動くなら最速で動くべきと判断し、騎兵の有利を活かして官軍に先んじて美陽に着陣した羌・涼州連合軍の将帥全員に言えることである。

それは何故か？

美陽に構えられた敵陣が罠を隠しておらず、一目見て自分たちが敵の用意した罠の中に落ちたと言うことを自覚するには十分な状況であったからだ。

「……地面に穴は良い。騎兵対策としては当然だ」

「そうだな」

辺章はそう呻きながら敵陣の前に無数にある大小の穴を見やる。本隊が到着せずとも董卓と李儒の軍勢だけで三万もの兵が居るのだ。彼らが一人で三つ穴を掘れば九万の穴が出来る。四つなら十二万だ。騎兵対策としては当たり前の対策なので、これについては態々語るまでもないだろう。

「さらに広範囲にわたる壁に空堀。これもまだわかる」

「あぁ。そうだな」

美陽の城壁を背にして敷かれた敵陣の前には土で壁が盛られていた。おそらく穴を掘ったときに出た土もあそこに盛っているのだろう。

その高さは腰に掛かるかどうか程度で、決して高いわけではない。しかし堀と壁の間の距離や、壁の位置を考えれば馬が縦横無尽に動けるようなものでもない。とは言えこの備えも決して珍しい物でもなかったので、驚きはない。

確かに時間や費用が掛かるが、官軍と言う潤沢な予算が有る軍勢ならそれほどの手間はかからないだろうというのもわかる。

「あまりにも当たり前すぎて、斥候からこのことを伝えられても『それがどうした』で終わらせてしまったのが悔やまれるな」

「まったくだ」

そう。元々両者はこの官軍の備えに関して情報を得ていた。というか、向こうは「こう言う備えをしているんだから、攻めても被害が出るだけだぞ」という脅しの意味を込めて、わざとわかりやすくしていたとも言える。その結果がこの油断に繋がってしまった。

「くそっ！　連中、油の臭いを隠しもしていない！　穴か堀の中かは知らんが、確実に焼かれるとわかって挑む者などおらんぞ！」

「……そうだな」

問題なのはコレだ。これは斥候云々ではなく、自分たちが美陽に着陣したことを受けて、元々持ってきていた油を使ったのだろう。

つまり官軍は普通ならば隠すところを、逆に見せつけることで「焼く」と言う単純にして原初の恐怖をこちらに連想させているのだ。

この場合、特に問題なのは馬である。人間なら火を避《よ》ければ良いだけだが、馬はそうはいかない。どんなに我慢をしたとしても、どうしても目の前の火と熱にやられてしまう。つまり、ここで戦をするると言うことは馬を大量に失う可能性が高いということだ。

馬を戦の道具と割り切る官軍とは違い、生まれた時から馬と育ってきた遊牧民族にとって、馬は友であり財産である。それを捨てることを前提とした策など彼らは絶対に受け入れることはない。

この状況ではこちらから攻める事は不可能。いや、一つ方策が有る事は有るのだが……

「もし先にこちらが火をつけたらどうなると思う？」

考え込む韓遂に対し、辺章がそんな提案をしてくる。それは韓遂も考えたことだ。

燃やされる前に燃やす。単純ではあるが、火計を封じるには定石手の一つではある。しかし韓遂の表情は暗い。

「おそらくは無意味だろう。なにせそれで穴がなくなるわけでもなし。煙で前も見えん中ではまともな戦にはならん。さらに風向きによっては……」

「こちらに煙が流れてきて馬が死ぬ、か」

「そうなるだろうな」

この時代の人間である以上、煙による一酸化炭素中毒は知らなくとも、馬が敏感な生き物であると言うことは痛いほどわかっているし、自分たちも咳き込んで動けなくなる可能性も考えれば、徒《いたずら》に火を使うわけにも行かないと言うことだ。

ちなみに中原の人間にとって一番怖いのは草花に火が燃え移って火災が広がることだが、ここ右扶風美陽はすでに涼州に近く、十一月と言うことで草も生えていない荒野が続く土地となっている為、その心配をする必要はない。

というか、今回官軍はそういった心配が不要なところを戦場に選んだと見るべきだろう。

「この罠を知りつつ前に進むことはできん。かと言って美陽を避けるなら最初に言われたように逃げるのと同じ。黙っていれば敵に援軍が来るし、何よりこちらの兵糧が持たん。やってくれたな董卓ッ！」

董卓が聞けば「だから退けと言っただろう」と哀れみ混じりの返答がくるだろうが、今の辺章にとってはそれどころではない。

戦をする上で兵糧は欠かせない要素である。当然乱を起こした彼らも後方に補給拠点は有る。しかし問題は美陽と言う戦場においての兵糧不足である。

とくに拙《まず》いのが馬だ。

馬はとにかく金が掛かる。特に騎馬隊として運用する場合は人間の数倍以上気を使う必要がある。まず大量の水や塩を必要とするし、食事の量も多い。そしてこの季節は餌となる草だって用意するのは簡単ではないのだ。

もしも「補給に戻る」と言う氏族が出たら「逃げるのか！」と言って仲間割れが発生するだろう。しかし「ではアレに挑むのか？」と言えば、穴や火は気合でどうにかなるものではないのは誰もが知る常識なので、躊躇《ちゆうちよ》が生まれてしまうだろうことは明白。誰だって壁にぶつかって死ぬような真似はしたくはないし馬を殺したくはないのだ。

故に、ここで自分から罠に飛び込むような真似も出来ない。

現状彼らは前にも進めず、後ろにも退けない。さらに時間は敵の味方という、戦う前から八方塞がりな状況に陥ってしまっていることに愕然とするしかなかった。

そう。精強なる羌・涼州連合軍は、戦う前から追い詰められていた。

そして辺章や韓遂らが美陽に着陣した当日の夜。方針も決まらぬままに野営を決めた羌・涼州軍閥の陣は、官軍が仕掛けた夜襲により炎に包まれることになる。

「おのれ官軍ッ！　おのれ董卓ッ！　このような戦で勝って嬉しいか！　それでも武を誉れとする武人かッ?!」

夜にもかかわらず周囲を照らす明かりと、夜襲によって燃やされ、ごうごうと音を立てて燃え上がる天幕を背景に辺章は声を荒らげていた。

夜襲というが、夜陰に紛れて官軍が攻め込んできたわけではない。今も継続して韓遂らの陣を襲うのは、投石器によって飛ばされている大量の炎の塊だ。

(完全にしてやられた)

どれだけ武に自信があろうとも、燃え盛る炎の塊相手では文字通り手も足もでない。

辺章はそのことに不満を抱き、声を荒らげているのだが、韓遂はこれが卑怯だとは思っていない。

夜討ち朝駆けは戦の基本だし、着陣した当日が一番狙われやすいと言うのもまた兵法の基本だからだ。

(敵が援軍を待つ、と。そう思い込んでしまった)

完全に油断である。さらに言えば、戦とは勝つべくして勝つものだ。向こうが入念に罠を用意していたのを知っていて、さらに「危険だから下がれ」とまで言われていた所にノコノコと「殺してくれ」と身を差し出したのは自分たちなので、恨み言を言うのも違うだろう。

自ら罠に嵌った間抜けに容赦する必要などない。官軍は滅ぼすべき敵を粛々と滅ぼしに来ているだけ。ならば自分が取るべき方策は一つ。

「辺章、退《ひ》くぞ！」

「なんだと?!　一方的に焼かれ、まともな戦をしないまま一目散に逃げると言うのか?!」

自分も一回当たったら降伏すると言っていた癖に、戦場に立った途端にコレだ。涼州人の気の荒さが良くわかる。しかし敵はそれすらも計算に入れているのだ。

「敵の陣容は見ただろう！　日中ならまだしも、夜間にあの穴が仕掛けられた地を突破出来るか？あの土壁を越えられるか?!　あの弩兵《どへい》を越えられるか?!」

「くっ！」

韓遂が指さした先。つまり敵陣もまた煌々《こうこう》と明かりが灯されており、土壁の上にズラリと並ぶ弩弓兵がこちらに対してその鋒《きつさき》を向けているのがわかる。

本来であれば連中は馬鹿正直に姿を現す必要などない。

まずは自陣に隠れひそみ、自分たちが敵の攻撃を止めるために突っ込んだところで有無を言わさずにアレを放つ。それだけでこちらに大損害を与えることが出来ていたはずだ。

それなのに態々こうして自分たちにも見えるように姿を見せているのは、董卓からの「さっさと逃げろ」と言う意思表示に他ならない。

少なくとも韓遂はそう思っていたし、実際に董卓も李傕も彼らを全滅させる気がないので、彼らの姿は「そのまま帰れ」というメッセージなのは間違っていない。

齟齬《そご》が有るとすれば、董卓は「無駄に騒がずにさっさと退け」と思っているのに対して、李傕は「来ても来なくてもどっちでも構わない」と煽り半分に思っているところだろうか。

もしも今、韓遂たちが退却を選べばどうなるか？　向こうにすれば夜襲をかけたら敵が一目散に逃げ出したと言う実績になるし、こちらにしたら本格的に罠に嵌って大打撃を受ける前に撤退できると言う利点がある。

なにせ敵は本隊が到着すらしていないのだ。ならば追撃はそこそこの規模でしかできないだろうから、逃げ切ることも不可能ではないだろう。

対してここで逃げる選択をしなければどうなる？

答えは単純で「炎に焼かれる」だ。

それも焼かれるのは人間や馬ではなく兵糧、もっと言えば飼葉である。この時期の涼州はどうしても外から飼葉を持ち込む必要があるし、これがなければ騎馬隊は騎馬隊たりえない。

まだ燃えていない飼葉を早急に確保して退かなければ、羌族はただの飢えた馬を率いる遊牧民でしかなくなってしまうし、涼州軍閥も官軍によって一つ一つ制圧されてしまうだろう。

と言うか董卓と誼《よしみ》を通じている連中は、今頃さっさと撤退準備をしているか、自分たち乱の首謀者《》の首を獲《と》る為の算段をしているかもしれない。故に余力を残して撤退する。これこそが自分たちが生き延びる為の唯一の方策だと、韓遂は確信していた。

「こうしている間にも敵陣からは炎を纏った岩が絶えず放たれているのだぞ！」

「くそっ董卓めッ！」

「辺章ッ！」

「……わかった」

韓遂が「この期に及んでグダグダ抜かすようなら殺すぞ！」という意を込めて辺章に撤退を促すと、彼も奥歯を嚙み締めながらも撤退に賛同する。

韓遂は「無駄な時間を使った」と思うが、今は緊急時だ。そんな事を口に出してもしょうがないと切り替えて、部隊に撤退の指示を出すために天幕を出た。

「退け！　撤退だッ！」

「何だと？　韓遂、貴様腑抜けたか?!」

「そうだ！　こんな奇襲で逃げるなど有り得ん」

「その通りだ！　このような卑怯な手で負けてたまるか！」

いきなりの撤退命令に当然のように反発する羌や涼州勢。普段ならこの獰猛さが頼もしく見えるのだが、今の状況では現実を理解していない烏合の衆でしかない。

「まだ気付かんか?!　敵の狙いは我らではない、飼葉だぞ！」

「「……あっ！」」

「そう言うことか！」

「おのれっ姑息な手を！」

「そのようなことを言っている場合か！」

主戦派の羌族や涼州軍閥は韓遂の「撤退」と言う命令に対して抗弁しようとしたが、次いで放たれた飼葉の維持という言葉を聞き、官軍の狙いと自分たちが置かれた状況を認識し、すぐに撤退の

準備に入る。

彼ら騎馬民族は、その気になれば身一つで戦場から逃げ出すことが可能な集団である。

その為、本来であれば纏まった数の討伐やら何やらは非常に難しい相手なのだが、彼ら同様に涼州軍閥を率いている董卓が相手となっている今回は話が違う。飼葉や兵糧、さらに追撃のことを考えれば、個人で逃げる事など出来ないと言うのは自明の理。

結果としてそれぞれの氏族が纏まり、それぞれで兵糧を確保してから動くことになるのだが、それが李儒と董卓の狙いでもあった。

そもそも戦に於いて撤退は最も難しいとされる行為である。

ただでさえ騎兵は防戦に弱い兵種だというのに、更に今は夜襲を受けている状況だ。こんな状況では易々と撤退など出来るものではない。

ここに至り、韓遂は一つ読み違えた。

いや、数で劣る官軍を相手にしている以上、速攻で逃げれば追撃はないというのは常識としては間違っていない。しかし、彼らの敵はただの官軍ではなかった。

韓遂らの目の前にいる敵は、先述したように涼州軍閥と同様に騎兵を主体とした軍勢であり、それを率いるのは今回の件で面子を潰され内心で怒り狂っている羊の皮を被った狼《後世魔王と呼ばれた男》だ。

「……殺せ」

「「「おぉぉぉぉぉ！」」」

『撤退』という命令が羌・涼州軍閥連合軍に浸透した頃。彼らの背後から官軍でありながら、羌に味方した涼州軍閥とほぼ同等の実力と彼らを上回る獰猛さを備えた、董卓率いる精鋭が襲いかかる。

すでに撤退準備に入っていて仲間内で兵糧の分配に揉めているような連中はもちろんのこと、お飾りに過ぎない韓遂や辺章にも、この状況で部隊を纏めあげて董卓からの追撃を阻むだけの力はなかった。

本来の予定では、韓遂らは出来るだけ生かして使う予定だった。

しかし向こうが指示に逆らった以上情けは無用。手っ取り早く羌と涼州軍閥の両方に恐怖を植え付ける事が出来るなら、主人に噛み付く番犬も、誰にでも噛み付く野良犬も、この機を逃さず両方躾《しつけ》る。それが李儒と董卓の決定であった。

結局この日、官軍に倍する兵を持ちながらも戦に敗れた羌族と涼州軍閥の連合軍は、董卓率いる軍勢により一方的かつ執拗な追撃を受け崩壊することとなる。

さらに、美陽にて大量の物資を失いまともな補給物資を持たない彼らは、後から来た官軍にも散々に叩かれ、三輔どころか漢陽《かんよう》・安定・武都《ぶと》・金城・隴西《ろうせい》・北地・武威《ぶい》からも叩き出されることになった。

初戦でありながら涼州に於ける乱の平定を決定づけることになったこの美陽での戦は、これまで敗軍の将扱いだった董卓と、対外的には何進の腰巾着という認識でしかなかった李儒の武名を大いに高める戦となった。

後日、この戦に参加し命からがら逃げ延びることが出来た羌の者たちは、この戦のことを語る際「流星が我らの陣を燃やしたのだ」と苦々しげに語り継ぐこととなった。

十一月初旬　司隷・右扶風・美陽

時は少し遡り、美陽官軍の陣において李儒と董卓は打ち合わせを行っていた。

「敵の総数は六万。本隊がまだ着陣していないとは言え、今の段階で我々は三万。更には陣の設営も終わっており十分に罠も張っております。いくらあの連中でも、前に出たら焼かれるとわかっているならば、無策で攻めて来ることはないでしょう」

もしも「この戦に勝てば子々孫々栄えることが約束されている！」だの「自分が死んでもこの戦に勝てれば氏族は安泰だ！」と言うなら命懸けの吶喊《とつかん》も有るかもしれないが、連中にとって今回の戦は漢の弱体具合の確認と定期的な収穫《冬の前の略奪》の延長でしかない。

この状況で無理に攻めてくるとは思えないし、連中の中に居る跳ねっ返りが動くにしても、何らかの対策を練る必要があると言うことは理解しているだろうからすぐに動くことはない。

「で、しょうな。それでは本隊が到着するまでにらみ合い、ですかな？」

李儒による予想は歴戦の将である董卓にとっては常識であったし、董卓でなくともそう判断するだろう。連中の血の気の多さを考えたとしても大きく外れることはない筈だ。

……そんな歴戦の董卓でも想像できなかったのは、李儒の思考である。

「まさか。では敵も布陣を完了したようですし。今夜夜襲を仕掛けましょうか」

「はぁ？」

自分で膠着状態をつくっておきながら夜襲を仕掛ける？　籠城すれば勝手に相手の跳ねっ返りが暴走するのに、何故こちらから野戦を挑む必要があるのだ？

混乱する董卓だが、当然李儒の提案は勝算があるからこその提案である。

「あぁ、夜襲とはいいましたが、まともには当たりませんよ。今回は投石器を使います」

「投石、ですか？　しかしあれは攻城戦で攻城側が使用するものでは？」

董卓の意見は経験と常識に則ったものであり、大半の者はそれに異を唱えはしないだろう。

しかし、李儒はその『大半』に含まれていなかった。

「あぁ、北ではそうですね」

「北では？」

「ええ。船戦が多いところですと、防衛側が船を沈めるために投石器を使う場合があるのですよ」

「ほ、ほう」

「平原を自在に動き回る騎兵を狙い撃つのは不可能です。しかし今回の狙いは敵陣の兵糧が用意されている天幕。よって用意するのも石ではなく油の染み込んだ縄を岩に巻いたり、藁《わら》などを付けてから燃やしたモノを飛ばす予定です」

「な、なるほど」

これだけで李儒の狙いが『兵糧』というよりは『飼葉』に有ると理解した董卓は「えげつねぇ」と口の中で呟く。

元々乾燥している飼葉は燃えやすいのに、そこに油が染み込んだ縄やら藁が付着した火の玉が飛んできたらどうなるか？　そんなことは想像するまでもない。大惨事、だ。

また、馬という動物を必要とする関係から、騎兵は夜に弱いところがある。

大将軍府から連れてきた三千の弩兵といい、騎兵の弱点をこれでもかと突いてくる李儒を見て董卓が「コイツ、本当に涼州の軍閥を生かして使う気があるのか？」と疑いの目を向けてしまうのも仕方ないことだろう。

ちなみにこの時代。羌や烏桓の騎兵に対抗する武器として正式採用されているのは、槍や弓ではなく弩《いしゆみ》である。これは、弓の使い手を育成するのが難しいと言うのもあるが、武器の特性に依《よ》るところが大きい。

つまり上から来る矢ならば、騎馬の速さでくぐり抜けたり、盾によって弾いたりすることが出来たことに対して、弩による水平射撃を行われた場合、乗り手はともかくとして馬が殺されてしまうことを防ぐ術がなかったからだ。

普通に考えれば騎兵が真正面から馬の鼻先や足元に来る矢を捌けるわけもないし、矢のように上からではないので、馬体の速度だの角度だので矢が弾けるということもない。

それどころか自分から矢にぶつかって行くのだ。威力が減退するどころか増加することになるのだから、馬には堪《たま》ったものではないだろう。

さらに弩は鎧を貫通する威力もあるので、馬に乗って指揮官先頭を叫ぶ将師にとっては最悪の武器となる。その為か弩の造り方は国家で秘匿されており、それぞれの軍において生産量や所持数も制限されていた。

そんな中、官軍であり大将軍の子飼いであると言う立場を利用して三千もの弩を集めてくる李儒に対して、董卓がドン引きするのも仕方のないことかもしれない。

そして投石機だ。これは言うまでもなく城壁を破壊する為に使用される攻城兵器である。それを、燃えやすい天幕を張っている敵陣を燃やすために使う、というか敵陣の兵糧を焼き払う為にブチ込むという発想は董卓にはなかった。

今回に関して言えば、通常であれば陣など敷かず騎兵の機動力で以て神出鬼没の攻勢を行う羌族が、涼州軍閥と組んだことで中途半端に漢に染まってしまい、敵の眼前で陣を敷く（纏まってしまう）と言うミスを犯したのも李儒に投石機による攻撃を決断させる要因となってしまったのだが、野戦で自分たちの陣に投石をぶち込まれると想定する事が出来ないのは当然のことなので、ここは李儒の作戦勝ちと言ったところだろうか。

向こうにすれば夜襲は警戒していても、襲ってくるのは兵ではなく石、もしくは燃え盛る火の玉だ。また官軍を突破して投石機を破壊しようにも、相手は陣に籠り弩を構えているだけという状況なので、突っ込めば甚大な被害が出ることは必至だし、そもそも敵陣は日中に散々見せつけられた罠だらけの地の奥にあるのだ。

　つまり敵が投石機を破壊するためには、数えるのも億劫なくらいに仕掛けられた罠と、罠の向こうで待ち構える弩の洗礼をくぐり抜けて敵陣に乗り込む必要が有るのだが、ただでさえ夜で穴や土壁の突破が厳しくなっているのに、その上で見えない穴の中にある油の染み込んだ藁が醸し出す「火」への恐怖はそうそう抜けるものではない。

　さらに、だ。上下から襲い来る火に立ち向かったところで、ここで無理をして撤退が遅れ、飼葉が炎上してしまえば彼らに未来はない。そう考えれば、彼らが取れる手段は一つ。

　傷が小さいうちに逃げるしかない。

「とまぁこのような感じでしょうか。今回の戦では董閣下には追撃をお願いします。明かりは有る《敵陣は燃えている》ので、敵の識別にそれほど苦労はしないでしょう」

「はっ！」

　罠に嵌った敵を逃せばこちらが裏切り者扱いされるし、向こうも死にたくなければ無駄な抵抗などはせずにさっさと降れば良いだけの話なので、董卓も、「この期に及んで追撃するのか？」とか、「まさか本気で涼州軍閥を滅ぼすつもりですか？」などを聞いたりはしない。

　また、この状況で「降伏したくない」と抜かすなら、殺すのは当然のことでもある。

　そして何よりこの追撃命令は、黄巾での敗戦と今回の策を失敗させた董卓に対する救済なのだ。

（さらに言えば対外的には皇甫嵩の邪魔をしたとされていたり、官軍としての命令違反などのマイナス印象も有るので、卓抜した武功による救済は必要不可欠なのだ）

これだけの配慮を受けておきながら、ここで涼州軍閥の為に命令を拒否することなどありえないし、そもそも董卓にしても己の顔に泥を塗ってくれた連中に対しては思うところもある。

そんな彼に内なる獣を解き放つ許可を与えればどうなるか？

私怨とも言える怒りを以て一心不乱に涼州軍閥に攻めかかる董卓は、逃げ惑う涼州軍閥に対して追撃を緩めることなく、涼州の奥地まで執拗に追撃を行った結果、羌族と合わせて数万の兵と数十人の大人《たいじん》（指揮官や氏族の幹部）を討ち取る軍功を挙げることとなった。

この追撃における董卓の軍功を前にして戦前にあった「董卓は涼州軍閥と癒着している」という噂は霧散することになる。

～おまけ～

「は？　戦が終わった……だと？」

「殿、書類は残っておりますぞ」

「そうですな。こちらの税についての確認をお願いします」

「あぁ、この収支もおかしいですな。そちらの書類も」

「そんなことを言っている場合かッ！」

「「そんなこととは何ですか！　書類仕事を蔑ろにしては家が潰れますぞ！」」

「いや、それはそうだが。くそっ、おのれ李儒ッ！」

「「李儒『様』もしくは『殿』を付けなされ！」」

「ぬ、ぬぉぉぉぉぉ！」

また、美陽の戦の後に追撃に参加した官軍の中でも孫堅の率いる軍勢の働きは特に目覚しく、その働きを見た張温と李儒からの推挙を受け孫堅は長沙郡の太守を任じられることになったという。

六　涼州の乱の終わりと張純の乱

中平四年（西暦一八七年）五月　司隷・京兆尹・長安

美陽の戦からおよそ半年、涼州の乱を鎮圧するために派遣されていた官軍は、涼州の州都が有る武威郡を奪還した時点で一度追撃を打ち切り、董卓が率いる一部の軍勢を除き長安へと帰還していた。

「そうか。やはり奴は漢に叛旗を翻したか」

そして長安に戻り、ここでの論功行賞を終えるとほぼ同時に『張純が河北で乱を起こした』と言う情報を大将軍府の者が極秘裡に伝えに来たので、指揮官である張温と副将にして監査役扱いの（実際は監査役でもなんでもなくただの董卓の援軍であるが、李儒の官位と何進の存在が周囲にそう思わせている）李儒は、長安の宮城中に置かれた臨時の将軍府執務室において今後の対策を練るために地図を前に向き合っていた。

この報はこちらから見て非常に無駄のないタイミングであり、このタイミングで張温に報が入るのは張純にしてみれば誤算もいいところかもしれない。しかし実際のところ遠征軍は連中が反乱を起こすタイミングを見計らって動いていたので、これも万事予定通りと言ったところだったりする。

つまり最初から張純に勝ちの目などないと言うことだ。

「はっ。予定通りと言えば予定通りです。しかし……」

その為、張温も落ち着きをもってこの報を受けることが出来た。それはいいのだ。だが反乱の発生自体は予想通りだと言うのに、李儒の顔色は冴えない。

「うむ。お主の言いたいことはよくわかる」

張温にしても目の前で李儒が困惑したような顔をするのは良くわかる。それは「反乱の規模が大きくなりすぎた」とか「向こうの行動が予想以上に早い」などと言ったものではないのだから尚更である。

「まさか張純が、ろくに備えもしていない、それも通りがかりの公孫瓚に負けるとは思いもしませんでした」

「……それはそうだろう。十万の軍勢と吹聴した軍勢が、公孫瓚が率いるたった三千の騎兵に一方的に負けるなぞ想像出来る筈がない」

そう。張純が河北で蜂起したことを受けて、何をトチ狂ったか（おそらく名家閥の連中が主導したのだろうが）朝廷が、幽州の騎兵を率いてこちらに合流予定であった公孫瓚に対して「通り道なんだからついでに片付けろ」と言った感じで張純の討伐令を出したのだ。

それだけなら何の問題もなかった。しかし、その命令を受けた公孫瓚が、張純の集めた軍勢を蹴散らしてしまったのが問題であった。

張純を知る張温としては「三千対十万で負けるって。一体張純《あやつ》は何をしているのだ？　そりゃ黄巾にも負けるわな」と思った程度で済んだが、軍略家である李儒にすれば、向こうの戦場で何があったのか理解が出来なくて困惑していることしきりであった。

実際鍛えに鍛えた騎兵が三千あれば、民兵崩れの十万の軍勢を蹴散らすことは不可能ではない。しかし張純と共に乱を起こした者たちの中には精強な騎馬民族として知られる烏桓の連中も居たはずなのだ。

彼らは幽州の騎兵に勝るとも劣らない精鋭だ。それを含む軍勢を、三千でどうやって打ち破るのか。

（理解できん）

兵法を知れば知るほど理解が出来ないのは当然と言える。

そんな戦場の摩訶《まか》不思議はともかくとして、今回の件のせいで予想外の問題が発生してしまったので、こうやって彼らは会議を行っている次第である。

「石門で公孫瓚に敗れた張純は一目散に長城を越えて逃げたとのこと。これは、面倒なことになりましたな」

秦の始皇帝が築いたと言われる長城は、この時代の漢の国境線でもある。これを越えた先は異民族が蔓延る魔境であると言うのが当時の価値観だ。

「そうだな。朝廷は張純の首を求めている。故にこうして逃げられる前に首を獲りたかったのだが、な。この分では今後ヤツは戦に出てこんだろうよ」

「御意」

正確には『戦に出ない』というよりは、黄巾との戦に続き、ここまで無様な敗戦を重ねた人間に指揮権を渡す人間はいないと言う方が正しいのだが、結果は同じである。今後の張純は後方支援に専念することになるのだろう。

実は張温にとって張純にやられて一番面倒なのがこれだったりする。

読み書き算術ができて、兵糧の配分やら何やらの計算と言う地味な裏方作業は基本的に文官である張純の土俵だ。

よって張純が戦に怯えた結果、表に出ずに裏方仕事に専念されてしまえば、基本的に無計画な異民族どもも効率的に動くようになってしまうかもしれない。

この場合、行動が読みやすくなると言えばその通りだが、ことはそう簡単ではない。

騎兵中心の異民族と歩兵中心の官軍は元々の機動力が違うので、向こうはこちらの動きを見てから対処を変更することができる。つまり戦術上の後出しジャンケンが可能なのだ。そんな連中に縦横無尽に動かれると、行動の予想をして迎撃準備を整えても、その対処を素通りされることになる。

つまりこのままでは、河北の乱の主力と目される烏桓兵に対して官軍では対処出来ないと言う事態に陥ってしまい、グダグダなまま乱が続くという状況になる可能性が極めて高いのだ。

そうなってしまえば張温とて自分の身が危うくなるし、張温が失脚したら何進も彼に恩に着せた意味がなくなってしまう。言うなれば共倒れだ。

「現状では長城を越えての追撃は現実的ではありません。理想としては烏桓と張純の仲違いを狙うべきでしょう」

（何進の意向を受けているこやつも今回の事態に対して真剣に献策を行うようだな）

「ふむ。烏桓も血の気の多さでは羌に劣らん。戦から逃げる張純との離間はそれほど難しくはなさそうだが……」

張温としては張純が今回の乱を引き起こすことを黙認した彼らに多少思うところはあるが、元々は自分が原因だし（結局は張純の逆恨みであるが）彼らは今の段階では自分を裏切ることがない盟友だ。ならばお互いに利用すべきだというくらいの分別はある。

「中央の連中を抑えるのは難しいことではないとは思います」

「うむ。そうしてくれると助かる」

そして利用するとなれば李儒の存在は実にありがたい。

なにせ彼は洛陽の澱みを理解している上に、大将軍である何進の紐付きだ。

どこぞの虎のように、書類から逃げるためだけに出撃許可を求めるような真似はしないし、献策の内容も頷けるものが多い。

しかも彼がいるだけで洛陽の連中による物資の中抜きもなければ、事務処理で焦らされたりすることもない。今回の遠征で自分たちが要求した物資が、予定通りの日数で、さらに過不足なしで送られてくると言う光景には、張温だけでなく従軍してきた孫堅たちも驚きで目を丸くしたものだ。

そんな彼からの提案が張純と烏桓に対する離間策である。

洛陽の連中が欲しているのは張純の首であって、烏桓どもに関してはいつもの賊程度にしか考えていないだろう。それを考えれば、今回の負け戦で衝撃を受けているであろう烏桓を懐柔することは難しくないように思える。

そう思わないとやってられないともいう。

今の状況を考えれば、確かに長城を越えるのは現実的ではない。ならば烏桓は懐柔して先に漢の内部の賊を殲滅することこそが、軍事的にも政治的も上策と言えるのは確かだ。

(問題はそれを洛陽の連中が納得するかどうかだが、何進の口添えがあれば不可能ではあるまい)

「はっ。まず閣下が洛陽に戻り兵を纏めた後に北上すれば、丘力居は助命か己の氏族の立場の保障を求めることになるでしょう」

言葉だけならば羌や涼州連合を見下す宦官や名家と同じなのだが、彼らと李儒の違いは希望的観測に基づく楽観論ではないということだろう。

「うむ。ただでさえ負け戦の後だ。今頃は張純に乗せられたことを後悔しているだろうさ。この状況で我らが北上すれば、向こうから膝を折る可能性は高いだろうな」

なにせこちらは羌と涼州軍閥連合軍を一方的に叩き潰した精鋭部隊である。

……実際は李儒のせいで弱体化したところに野生を解放した董卓の兵が襲いかかった結果だが、対外的にはそうなっている。

そんな精鋭が自分たちを打ち破った公孫瓚の部隊に合流するのだから、向こうにしたら堪ったものではないだろう。連中は下手に敵対して殺される前に、なんとかして生き延びる為、様々な手を打つはずだ。そこで張純の首を条件に臣従するようにすれば良い。

張純にしてみれば官軍に敗れて死ぬのではなく、味方に裏切られて死ぬことになるのだが、それはそれで漢に背いた者の末路としては相応《ふさわ》しいし、宦官や名家の連中好みの死に様とも言えるので、反対意見は少ないと思われた。

「後は今回の乱に便乗した黄巾の残党たちの処分でしょうか」

「ふむ」

「張純の首が届くまでに鎮圧できれば良いのですが、なまじ規模が小さい連中の集合体ですので完全に滅ぼすのは難しいかもしれません。それと張挙に関しては現在情報がありませんので、閣下が現地に赴いてから確認する必要があります」

「あぁ、そんなの《張挙》も居たな。ふむ、一応利用できる、か？」

「ですな。少なくとも何もないよりは数倍よろしいかと」

「だな」

張温にとっては逆恨みして自分の足を引っ張ろうとする張純さえ殺せば良いと言う考えが有ったし、洛陽の連中も首謀者の首があれば文句は言わないだろう。

問・しかしその首が手元にないならどうなるか？

答・乱を鎮圧できない無能として讒言を受けることになる。

これは前例がある。何度か戦で勝ったものの、結局韓遂の首を取れなかった皇甫嵩がまさしくこのパターンだったのだ。

そのため張温は時間を稼ぐために代わりの首を用意する必要がある。

それが張純と共に挙兵した張挙であり、彼の反乱に呼応して暴れている黄巾の残党だ。黄巾はともかく、元泰山太守の張挙の首なら多少の価値は有るだろう。現時点での生死は不明であるが、死んでいるならまだしも、生きているなら狙う価値は有るということだ。

結局のところ李儒から張温に与えられた助言を纏めるなら「張純と烏桓の離間」と「張挙や黄巾の始末」の二つとなる。「逃げたのなら追う」のではなく「向こうから差し出させる」と言う着眼点こそが、策士である李儒の真骨頂といえよう。

「では我らは洛陽へ凱旋するとしよう。その最中に洛陽から正式な使者が来るのだな？」

「はっ。今頃宦官どもが『閣下を呼び戻せ！』と顔を赤くして叫んでいる頃かと」

「……司空である私が言うことではないのだろうが、洛陽へは立ち寄りたくないな」

出来たら直で現場に行きたい。洛陽で蠢《うごめ》く連中の顔を思い浮かべ沈鬱した気分になる張温だが、残念ながら彼の立場ではそのような贅沢は許されない。

「お気持ちはお察ししますが、流石に帰還の挨拶と論功の奏上は行う必要があります。これを怠ると後ろから刺されますぞ」

「わかっておるわ」

帝への報告は当然のこと、部下の功績を奏上するのも将として当然の話なのは張温とて理解している。しかしこの言い方では李傕は洛陽に戻らないような言い様ではないか？

「……一応聞くが」

「なんでしょう？」

「もしや、お主は洛陽に戻らんつもりか？」

「ええ。弘農で仕事が有りますし、何よりこちらの董卓殿や孫堅殿といった方々への引き継ぎがありますからな。お手数ですが奏上などは閣下に一任することになります」

「なっ?!」

いや、まさか、そんな。ありえんよな？　と思いながら確認する張温に対して、よくぞ聞いてくれた！　と言わんばかりにハキハキと答える李傕。

確かに董卓は現地の即戦力なので現状で引き戻すわけには行かないし、孫堅も現在は首に縄を付けられて書類仕事の真っ最中。立場や官位の上で彼らの暴走を抑えられるのは、この軍勢の中では自分を除けば李儒だけだと考えれば、彼がここに残るのも当然と言える。

しかも遠征軍の兵糧は弘農を経由して送られて来ているので、弘農丞である彼が後方支援に回るのもおかしな話ではない。

そんな建前をつらつらと並べられた張温は李儒を風除けにしようとする計画を諦め、トボトボと洛陽へと帰還したという。

洛陽が近付くにつれてどんどん顔色が悪化し、頻繁に胃の辺りを押さえる様子は羌に大勝して乱を平定した将軍の凱旋とは思えないほどに落ち込んでいたとか。

七　張純の乱の陰で

中平四年（西暦一八七年）八月　司隷弘農郡・弘農

いやはや、俺的には盧植のアレと同じで、演義とか何かのネタかと思っていたんだが、まさかマジで公孫瓚が三千の軍勢で張純にぶつかるとは思わなんだ。

と言うかそんな命令を下した奴も馬鹿だが、それを受けてさらに任務を完遂するんだから公孫瓚も大概だよ。

今回の命令を出したのは袁隗か袁逢《えんほう》辺りだろう。何せ今は宦官閥の張温と何進の配下である俺が涼州で大功を立ててしまったばかりだ。

もしもここで張温が自分で張純を始末してしまえば、今後ヤツの足を引っ張る口実がなくなってしまう。それに今のままだと名家閥だけが自前の軍を持っていないと言う状況だからな。

一応、連中の頭の中では董卓は名家閥なのだろうが、洛陽から離れているから戦力には数えられん。朱儁は母親の喪に服しているし、そもそも朱儁は名家閥と距離を置いているから、どうしても武力が足りんよな。

結果として張温と合流しようとしていた公孫瓚を使うことで、自分たちの派閥に引き入れようとしたんだろうさ。

連中からしたら「武功を立てる機会をやったんだからありがたく思え」って感じか？

もし失敗してもフォローを入れる形でマウントを取ろうとしたんだろうし、「無理だ！」と言って命令を拒否したら、幽州軍閥に手を入れて自分の戦力にしようとしたのかもな。

この辺は強力な武力を持つものの、財力や政治力に乏しかった孫堅を配下にして顎で使っていた袁術《えんじゅつ》と一緒のやり口だ。

それで、そんな連中のやり方にブチ切れた公孫瓚が「殺ってやらぁ！」と八つ当たりした結果が今回の戦となったわけだ。

確かに三千の騎兵がいれば十万の民兵くらいなら潰せるかもしれんよ？　日本でもどこぞの朝倉《あさくら》宗滴《そうてき》は一万で三十万の一向門徒に勝っているし、他にも実例はいくらでもある。

兵力と兵の数は似ているようで違うのだ。

所詮向こうの連中は黄巾に負けた将帥の下に集った黄巾の残党と、中途半端に漢にちょっかいを出そうとしていた殺る気が足りない烏桓の連合軍だったってことだろう。

そもそも騎兵を中心とした涼州軍閥と組んだ羌とは違い、歩兵って言うか民兵に過ぎない連中と組んだのが丘力居の間違いなんだよ。

練度も違えば指揮系統も違う。さらに言葉や文化もまるで違うってのもある。さらにさらに漢の人間は異民族を見下しているし、異民族は異民族で漢の連中を見下しているからな。

こんな状況で連携なんざ取れるわけもない。

烏桓の連中は、味方面した歩兵擬《もど》きの民兵に散々足を引っ張られて、まともな戦闘行動も取れずに潰されたようだし、民兵はそのまま蹂躙されたようだな。

それでも、どこぞの波才のように兵士を纏めてまともな運用が出来れば押し返すことも出来ただろうに……つまるところ、きちんと両者の問題を片付けないまま、気分で挙兵した張純ってヤツが悪いってだけの話なんだが。

時間が経つにつれて次々と上がってくる報告を見て、その敗因を分析して纏めていく李儒だが、これは別に張純を貶めたりしているわけではない。

大将軍府に所属する者たちが歴史に学ぶ為、もっと言えば精神論に走らずにしっかりと地に足を着けた軍隊となる為に、相手の敗因を分析して纏めているのだ。

こう言う戦を例に出して『戦いは数ではない』とか言い出す阿呆が出てくるのは世の常である。

だが、基本的に戦いとは数だ。

そして『集めた数をどれだけ無駄なく運用出来るか』と言うのが将帥の実力となる。

戦とは兵の数と兵種に加えて装備と練度のバランスが重要なのに、これを勘違いして、装備を重視して数を集めることを怠ったり、訓練を重視して『雑兵など不要、精鋭さえいれば良い』などと囀《さえ》ずるような軍政家は味方を殺す危険な存在である。

そんな視野狭窄に陥らない為にもしっかりとした資料作りが必要だし、その為には落ち着いて情報分析が出来る状況が必要なわけであって、断じてサボっているわけではないのだ。

〜〜〜

「だから私は悪くない！」

「……長々と講釈をありがとうございます。確かに貴殿の言うことは正しいと私も思います」

今まで李儒の言い訳めいた講釈を黙って聞いていた小柄な男は小さく頷き、その考え自体は間違いではないことを認める。

「そうでしょう？　ですから暫《しばら》くは……」

「ですがそれは貴殿がやる仕事ではありませんな。その仕事は此方で受け持ちますので、貴殿は洛陽に帰還しなされ」

「くっ！」

予想外の好感触に、これは行けるか？　と思った李儒だが相手も任務で来ているので、そんなに簡単には引き下がらない。

と言うか李儒が洛陽に帰還しないので、大将軍府内では書類仕事が溜まっているのだ。その為、何進を始めとした大将軍府の人員一同は一刻も早い李儒の帰還を待ち望んでいた。

「いやしかしですよ？　そもそも私は大将軍閣下の配下では有りますが、大将軍府に所属する役人ではないのです。それなのに私がいないと業務が回らないと言うのは組織として不健全なのではありませんか？」

上司や同僚たちからの熱い帰還要請を受けても全然嬉《うれ》しくない李儒は、正論をぶつけることで反論を押さえようとする。

それに、正論だけあって李儒の主張は理屈としては正しいのだ。

しかも基本的に儒教家と言うのは理屈を重視するので、この主張に対しては何気に反論が難しかったりする。更に言えば、今の李儒の立場が挙げられるだろう。

彼に対して理屈や何やらをすっ飛ばして「諦めて働け」と言えるのは何進本人だけなので、こうして論破した時点で自分を迎えに来た使者も今回は諦めて洛陽に引き返すことだろう。

……そう思っていた時期が俺にもありました。

「お話はごもっとも。しかしそもそも前提が違うでしょう。自前の名家閥を作ったり何進殿を大将軍に押し上げて、大将軍府としての組織の骨子を作ったのは貴殿です。ならば貴殿には組織を作り上げた責任が有りますな」

使者は毅然とした態度を崩さずに滔々《とうとう》と反論をする。これは言うなれば「いつから使者を論破したと錯覚していた？」状態である。

「いや、健全な組織運営の為には人員の教育も必要ですよね？」

「確かにそれも必要ですが、それこそ大将軍府の人間の仕事です。彼らに人材を育成する余裕を作るためにも、貴殿は洛陽に戻るべきです」

「くっ！」

どうしても今は洛陽に戻りたくない李儒と、どうしても連れ帰りたい使者。二人の主張はどこまで言っても平行線であると思われた。

しかし足掛け七年の付き合いがある何進は李儒の性格をそれなりに理解している。よってこの程度の反論は予想済みである。そして予想をしたなら対処するのは当たり前の話。何進はしっかりと李儒の逃げ道を塞いでいた。

「あぁそうそう。言い忘れておりましたが、今回の武功に鑑みて、貴殿には輔国将軍の位が与えられることとなりました。いやはや、なんと言いますか。おめでとうございます」

「はぁ？」

これぞ何進の罠！　名付けて『李儒がいつまでも「自分は大将軍府の所属じゃない」と寝言を言い続けるならば「いっそ将軍にしてしまえば良いじゃないか」の策』である。

「いや、今回の武功は私の九卿就任を補強するものでしょう？」

「それはそれ。というやつです」

「それはおかしい」

「と言いましてもね。我々としましても、大将軍閣下が戦で功を挙げた者に対して『恩賞は前に与えたから、今回の分の恩賞はない』などという人物と思われても困ります」

加えて言えば、使者や何進からすれば、これまで李儒が挙げた功績は非常に大きいと認識しており、九卿の就任はそれに報いるものであるという認識があった。

ここに今までは表だって大した武功がなかったために武官としての役職を与えることが出来なかった（正確にはソレを名目にして李儒が断っていた）のだが、今回めでたく李儒が武功を挙げた上に、信賞必罰を旨とする軍部からも李儒に褒美が必要だと言う意見があったのだ。

元々、李儒くらい働いている人間を昇進させないとなると、下の人間の意欲に関わると言うのもある。その為、李儒を将軍にすると言う人事に対して異議を唱える者はいなかったし、何進もこれ幸いと李儒を将軍に任命したという経緯がある。

……ちなみにこの策を考えて何進に献策したのは李儒の目の前に居るこの男だったりするのだが、本人はそんなことを態々教える気はないようだ。

それはともかくとして。

これにより李儒は、光禄勲《こうろくくん》将作左校令輔国将軍弘農丞の李儒文優となり、その権限は九卿として朝廷に、将作として宮城の施設に、弘農の丞として郡の運営に、そして雑冠ではあるが正式な将軍となったので軍部にまで及ぶことになる。

しかし、その役職の内のどれもが最上位ではないと言うので嫉妬の対象にはならず、職の兼任も可能になると言う親切設計。

権利には責任が伴うのは常識であり、責任＝仕事であることは言うまでもないことだし、魂のレベルにまで社蓄根性が刻み込まれている李儒が、責任を放棄することはない。

本人曰《のたまわ》く、仕事が残っていると気になって寝られなくなるらしい。

つまりこれは李儒の性格を十分以上に理解した、回避も防御不能な必殺の策なのである！

「は、謀ったな、荀攸《じゅんゆう》殿?!」

「ふっ。貴殿は良い上司であった。しかし、貴殿の職務態度が悪いのだよ」

今さらながら使者の名前が出てきたが、そうなのだ。今回洛陽から使者として派遣されて来たのは、去年から大将軍府に出仕して仕事をしている、荀攸という若き俊英《後の魏の筆頭軍師》であった。

彼は今回の乱で李儒が抜けた穴を埋めるため、他の同僚たちと共に今まで寝食を忘れる勢いで働いていたのだが、どうやら限界が近いらしい。

いや、誤解を生まないように解説するならば、彼らの立場からしても、李儒が直接戦場に出ること自体は別に良いのだ。

今さら李儒が遠征に参加する必要があるのか？　とは思わないでもなかったが、何進の懐刀である李儒が実際の戦を知らないと言うのも問題だし、彼に武功が必要なのはわかる。

だからこそ大将軍府に所属する文官一同は、彼の出陣を認めたし、今では「へへっ。俺、李儒殿が帰ってきたら三日休むんだ」と、どこかで聞いたようなことを話しながら、それ《彼の帰還》を希望としてギリギリの精神状態で職務を遂行しているのだ。

だと言うのに、肝心の李儒が弘農に滞在して洛陽へ戻って来ないというまさしく非常事態。

それも、本来の予定にはない行動だと言うのが問題だった。

今回、張温や張温が直率する軍と共に帰還してきた大将軍府が用意した軍勢の中に、李儒が居ないことを不思議に思った何進が、李儒に代わって部隊を率いて戻ってきた副官の李厳《りげん》に「李儒はどうした？」と確認を取ったところ、当の李儒は「自分は弘農に残り、董卓や孫堅の手綱を握る必要が有る」だの「遠征は終わったわけではない。締めを怠れば今まで行ってきたことの全てが無駄になる」だのと、いかにもそれらしい事を言って洛陽への帰還を引き延ばしにしていたと言うではないか。

そして実際のところ弘農で彼は何をしているのか？　と思って大将軍が密かに確認をさせてみれば、当の策士は洛陽の事を忘れたかのように悠々自適に茶を飲みながら書類仕事をしている始末である。

それを聞いてブチ切れた文官たちを代表して、役職は下だが歳上《としうえ》であり、さらに家格が高い荀攸が李儒の首に縄を着ける係として派遣されたと言うわけだ。

……一応言わせてもらえば、李儒は遠征軍に対する手当や弘農の政、また張純の乱に関する資料作り等の仕事をこなしているので、決して遊んでいるわけではない。

これだけでも洛陽の名家連中と比べたら、彼らの数倍は働いているので、もうこれ以上は無理だと言う権利は有るかもしれない。

しかし周囲の目は違う。彼の能力と実績を考えれば、今の李儒は百人乗せる事が出来る戦船に十人しか乗せずに余裕をもって動いているようにしか見えないと言う状態となっていた。

悲しいことに李儒のリソースにはまだまだ空きが有るのは事実なので、決して言い掛かりではないのが痛いところである。

「……で、洛陽への帰還は何時になりますか？」

「お～い」

そんなこんなで、李儒の寝言を一切無視して質問をする荀攸であるが、本音を言えばさっさと洛陽へと連れて帰りたいと言う気持ちである。しかし李儒がサボるためだけに弘農にいるわけではないと思っているので、無理やり連れて帰ろうとまでは思っていなかった。

まぁここで李儒が口にする内容によっては物理的に首に縄を着けることになるのだが、幸か不幸か荀攸の予想通り、李儒は酔狂で弘農に滞在しているわけではない。

「隠すことでもないでしょうから正直に言いますが、これから羌の連中に対して少しばかりやらせることがありましてね。期間としては、あと三月《みつき》は欲しいところです」

「ふむ……三月ですか。それは我々では出来ませんか？」

「無理でしょう。荀攸殿はそうでも有りませんが、洛陽の人間は彼らを見下しています。そういった者では無駄に反発を招いて作業効率を落とすだけです」

荀攸の場合は異民族を見下すというか、家格が高すぎて他の全部が下なんだよな。だから有る意味では平等ではあるんだが、現状では儒の色が強すぎて羌の相手をさせるにはいかんよ。

「……なるほど。とりあえず大将軍にはその旨を伝えましょう」

「ええ。お手数をお掛けしますが、何卒よろしくお願いします」

李儒か何を企んでいるかは荀攸にもわからなかったが、とりあえずの答えは得た。それを聞いた何進がどうするかは、何進次第となる。

よって荀攸は、李儒の返事を伝える為に洛陽へと帰還した。

もし李儒の狙いが史実をなぞって勝ち馬に乗るだけならば、彼は黙って荘園で己を鍛えることに専念し、隠れ潜みながら勝ち馬に乗り続ける選択をしていただろう。

しかし彼の目的は史実をなぞることではない。彼は己の目的のために、着々と準備を整えている。

その目的が何なのか。そして誰にとっての益となるのか。それを知る者はまだ居ない。


中平四年（西暦一八七年）十一月　司隷弘農

黄巾の乱から涼州（辺章・韓遂）の乱。更には張純の乱の勃発と言う激動の時代に突入しつつある漢帝国。皆様如何お過ごしだろうか？

ちなみに現在、俺が関係している官軍の主な動きとしては、張温は洛陽へ帰還した後張純の乱に対応するために河北に出陣。董卓は追撃を打ち切って長安へと帰還中。孫堅は無事に長沙の郡太守となり、熱い涙を流して長沙へ向かっている。

そして現在洛陽では、人事だの来年の予算だの、年越しと新年を祝う祝賀行事の準備だのと言った諸々の仕事に追われている洛陽の文官たちは、目を血走らせて各々の作業に従事していることだろう。

ま、普段余裕ぶっこいてる罰だ。精々働け。

そんな年末を迎えようとしている洛陽から微妙に離れた弘農には、涼州の乱に参加した軍閥の論功の書類を手がけたり、彼らに送る兵糧や医療品の手当をしたり、彼らのために用意されていた物資の中から自分の取り分を抜いたりして（自分が抜くことを前提にして多めに発注している）悠々自適な生活を送る男がいた。

「いやはや、弘農で飲む茶は良い効能がありそうだな」

周りが大変な時だからこそ飲む茶は旨い。

微妙な優越感に浸りながら時代を先取りしたオヤジギャクをかまし、洛陽から離れた地でゆったりとした時間を過ごすのは、当然と言うか何というか光禄勲将作左校令輔国将軍弘農丞李儒文優こと俺である。

本来であれば丞の上には太守が居るので、こんな悠々自適な生活をしていたら上司である太守から叱責を受けるのだが、現在のところ洛陽と長安を繋ぐ要地であるここは下手な太守に任せることが出来ないと判断され、太守は空位となっている。

正確には一応皇族の人間が王として置かれているので、厳密に言えば上司がいないわけではない。しかし彼らは基本的に洛陽から動かない存在だし、政と言うものを理解していない。よって現在の諸侯王は完全な名誉職であった。

こういった状況のため、弘農には俺以上の存在がいない。つまり今の俺の立場を一言で表すなら、漢帝国の直轄領である弘農郡の全権を握る代官みたいな感じと言っても良いだろう。

これは「ヤツを弘農太守にしたら弘農に入り浸る」と予想した何進の策でもあるし、名家閥や宦官閥の人間は「自分たちの派閥の人間を弘農の太守にした場合、弘農丞である李儒に取り込まれる可能性がある」と危惧して誰も派遣していないと言うのも有るのだが、その辺の話はおいおい語ることもあるかもしれない。

そんなわけで現在の俺は、ずんぐりむっくりな上司も居ないしムキムキな男共もいない。さらにインテリな年上の部下もおらず、他人の仕事を手伝う必要もない（当然自分の仕事は終わらせている）という至極ホワイトな環境で日々の業務を行いつつ、こうしてゆったりと午後の薬膳茶を楽しんでいるわけだ。

「ふむ。今のは効能と弘農を掛けたわけですね。流石我が師」

ふと口をついて出た俺のオヤジギャグに反応して、すかさず「流石我が師《さすわし》」をしたのは、執務室にある俺の席の横にちょこんと置かれたお子様用の椅子に座る、御歳八歳の少年だ。

「まぁな。お前も言葉を表面だけで判別するのではなく、多少の諧謔《かいぎゃく》を加えて見ると良いかもしれんぞ」

通常『流石我が師《さすわし》』はヨイショの言葉であるので、コレを使う場合は両手を上げたりして体全体で師の偉大さを表現するのが儒教的な常識なのだが、このお子様はそんなことはしない。

無表情がデフォルトな彼は、ただただ事実を事実のまま認識して、自分なりに表現するだけだ。

普通はこんな無表情かつ子供らしからぬ抑揚のない声で賛辞を述べられたなら「嫌味か？」と思うのだろうが、俺はこいつがそんな無駄なことをしないということはすでに理解しているので、黙って頭を撫でるだけに留める。

「なるほど。言葉など通じれば良し。諧謔など時間の無駄と思っておりましたが、向こうの人間が諧謔を交えてくる場合もありますか。ならば相手の言葉を理解する為にもそのような方向から物事を見るのも必要不可欠と言うことですな」

「そうだな。『この国に充満する賊を滅ぼす為に十万の兵を集めろ！』とか言われて、真剣に兵を集めるようではいかんぞ」

「むむ？　駄目なのですか？」

冗談をどうこう言っているときにでもこれだ。こいつは上司に言われたらそのまま本気で兵を集めそうな怖さがある。

「兵を集める前にすることはいくらでもあるだろうし、十万の兵を養うのも大変だからな。兵は集めれば良いというわけじゃない」

「むぅ。それは確かに」

頭を撫でながら言葉を紡ぐ俺に対し、親にも撫でられたことがないのに！　と反発することもなく、大人しく撫でられるままにされながら、俺の言葉を一々クソ真面目に受け止めて己の血肉にしようとする、実に意欲のあるお子様である。

この少年は俺の子供でもなければ、俺と同じような境遇の人間でもない。実は何進も知らない俺の秘蔵《ひぞ》っ子……と言うか押しかけ弟子である。

俺がこの押しかけ弟子の少年と出会ったのは先月のことであった。

涼州の乱があらかた片付き、残る任務は軍の維持や情報収集だと判断した俺は、円滑な補給を行うためと言う名目で長安を離れ、さらに洛陽に戻らずに任地である弘農で補給などに関する書類仕事をしつつ羽を伸ばそうとしていたんだ。

そして自らが率いてきた軍勢を李厳に任せて自身は弘農に帰省。さらに洛陽から訪れた荀攸を論破して「俺の休みはこれからだ！」と決意した所に現れたのが、この少年だった。

本来前触れも何もなくいきなり現れて「弟子にしてください」などと抜かす子供を「はい。わかりました」と言って弟子にするほど、俺は暇でもないし優しくもない。

それ以前に今の俺の身分を考えれば、少年の行動は不審者として捕らえられて投獄されてもおかしくはないものだ。そのときにそれをしなかったのは、俺が少年に非凡さを見出したから……ではない。

単純に彼が紹介状を持っていたからだ。

その紹介状を書いたのは尚書右丞・司馬《しば》防《ぼう》建公。

言わずと知れた司馬八達の父親（諸説有り）にして後漢のリーディングサイヤーである。

彼は派閥的には名家閥に所属する身であるが、基本的に任務に忠実であり、何進だろうが誰だろうが差別しない姿勢は好感が持てたし、個人的にも知らない仲でもない。

そのため彼が俺に紹介状を書く事はかなり珍しいが、絶対にないとも言い切れない。ただ「厳格」と言う文字を体現したような男である彼が、八歳の子供に直筆の紹介状を書くなど通常では有り得ない。つまりこの子供は通常ではないと言うことになる。

しかもこのお子様は、洛陽で俺の帰還を待つのではなく、俺が弘農で羽を伸ばそうとすることまで考えた上で押し掛けてくるという、独自の判断とそれに基づいて行動を起こせるだけの鋭さを備えているときた。

それに「部下」でなく「弟子」と言ってくるところも如才なさを感じさせる。なにせ俺は洛陽の学問所を出て、博士と言う資格（のようなもの）を持っているので、社会的に弟子を取ることも許されている身なのだ。

ちなみに俺に弟子入りを希望する人間は意外と多かったりする。それは何進と言う後ろ盾があるのもそうだが、俺自身が二十になる前から弘農丞と言う役職を持っていたこともあるし、最近は九卿と言う立場まで手に入れたのだから、勝ち馬に乗りたがる連中が俺に群がるのは当然と言えば当然と言えるだろう。まぁ弟子以上に多いのが嫁を取らせようとする連中だが。

しかし俺の価値観からしてみたら、これから動乱の時代《めんどうなじだい》が来るとわかっているのに、家庭《さらに面倒な》なんてモノまで抱える気などない。

よって「若輩には分不相応な役職を頂いておりますので、今は職務に全力で当たりたい」という名目で全ての縁談を断っている状況だ。

それを知った何進は「面倒臭がってねぇで諦めろ。なんなら紹介するか？」などと言ってくるのだが、正直言って大きなお世話である。そんな俺の私生活はさておき。

……これ以上無駄に引っ張る必要もないだろう。俺が弟子にしたお子様は、三國志を知っている人なら誰でも知っているであろう人物。司馬防の次男である、司馬懿仲達《しばいちゅうたつ》その人であった。

最初は、将来勝ち馬確定だった曹操からの招聘すら断ったこいつがなんで俺の弟子を希望するんだ？　と思って志望動機を確認したんだが、本人が言うには、なんでも家で学ぶことがなくなり、学問所もなんだかなぁと思って世の中に虚《むな》しさを感じていたらしい。

この時点で、え？　こいつ八歳だよな？　まさか転生者じゃないよな？　と疑ったが、普通に優秀なだけだったのは良い思い出だ。と言うか、今の漢の状況を知れば将来に悲観する気持ちはわかる。現状この国は、どう好意的に分析しても終わっているからな。

そんな感じで無気力症候群っぽいのになりかけていたお子様（本当に八歳か？）を見かねた司馬防から「世の中には五歳で学問所に通い出し、文武を鍛えて神童と呼ばれ、十五で何進殿に仕官したと思ったら数年で彼を大将軍まで押し上げて、さらに自身も二十で九卿になり、いまも漢を支えるために身を削っている若者が居るのだぞ」という話を聞かされたらしい。

これだけ聞けば誰だそいつ？　と思うだろうが、実際洛陽の名家の中に於ける俺の扱いはそんな感じなんだとか。

ちなみに司馬防としては、早熟すぎる我が子が増長しないように、上には上が居るのだと言い聞かせるつもりだったとか。

しかし流石に話を盛ったと疑われたのか「そのような者が居るなら紹介して欲しい」と言われてしまった。そして自分から話を振った手前、渋々俺へと紹介状を書いたんだと。

まぁ、いくら賢くても子供が得られる情報というのは親が決めるモノだから、司馬懿も俺の実績、と言うか存在を正しく知らなかったのだろう。

現代日本で言えば賢い子供が防衛大臣《大将軍》の名を知っていても、幕僚長《その懐刀》を知らないのと一緒と思えば良いかもしれない。

だがこうして司馬防が紹介状を書いたことで、父が言った相手が実在するようだと考えるようになり、気になってここに来る前にその相手を調べたら、そいつは現役の弘農丞にして、最近九卿の一つである光禄勲《郎中令》に任じられた俺だったと言うわけだ。

その後、何が少年の中の好奇心をくすぐったのかは知らないが、俺の弟子にして欲しいと言う話になったらしい。

そして「弟子にしてもらうなら、自分から動くべきだと」判断してここに来たわけだ。

俺は俺で、とりあえず司馬防の顔を立てるという意味もあってお子様の弟子入りを承諾。結果として彼は目出度く李儒君の一番弟子の座を手に入れたのだ。

もっとも、相手が司馬懿と言う時点で俺は弟子入りを断る気はなかったぞ。なにせ悠々自適な生活を送る為には優秀な副官は必要不可欠だし、今後のことを考えれば陣営の強化だって考えねばならんからな。

こうして弘農で情報収集を行っているのも、羌だの烏桓への牽制も有るが人材収集&育成の為でもあるんだし。

これはアレだ。三國志に出てくる有名人を青田買いすると言えばわかりやすいだろうか。

基本的に人材と言うのは教育やら経験によって開花するので、有名人＝良い人材ではないと言う意見が有るが、有名人になる為には結果を出す必要があり、結果を出すためにはそれだけの下地が必要だと言うことを忘れてはいけない。

特にこの時代は知識が上流階級に独占されていると言うのもある。

幼少期の教育と言うのは決して無視できるファクターではないし、下地があるなら後はこちらで鍛えれば、史実通りの活躍はできなくとも間違いなく使える人間にはなると言うことでもあるので、知名度が高い人間は積極的に登用するべきだと俺は思っている。

それに軍事とは特に才能がモノを言う世界だ。これはわかりやすく言えば勘だな。

政に勘は不要だが、軍事的に考えれば勘と言うのは必要不可欠。そしてそれは基本的に鍛えることが出来ない分野だ。

時には命からがら逃げ延びて後天的に覚醒した！　という可能性も有るには有るが、元から才能を持つ人間の存在を知っているなら、無駄な虚勢を張らずに大人しくスカウトするのが正しい転生者と言うものではなかろうか？　某ゲームにある九十縛り？　阿呆か。なんで自分からハードルを上げる必要があるんだよ。

そんなわけでこの機に人材を収集し、有事に備えようとしていたところにこのお子様《司馬懿仲達》が現れたわけだ。こいつは今の段階でコレなので、数年鍛えればかなり使える人材になるのは確実。何ならこいつに天下を取らせても良いだろう。

ある意味で物騒な未来を考えつつ、そろそろ荀攸に約束した三ヶ月が過ぎようとしているので洛陽へ戻る支度を整えねばならんのが俺の現状である。

何？　態々忙しい年末に洛陽へ行くのかって？　順序が逆だ。

年末までには帰ると言ったからこそ、荀攸も何進も俺を無理やり引き摺って行かなかったんだよ。

もしもあそこで「年末年始も弘農で過ごします！」なんて言った日には、洛陽から李厳や張遼《ちょうりょう》が送られて来て強制送還されていたはずだ。俺としても年末年始は洛陽関係の仕事があるので、どうしても抜けられないしな。

「そんなわけで弟子よ。年末年始は実家に帰ると良い」

「お言葉はありがたく思います。ですが今年は実家には帰らず、こちらに残って師の残した課題を行う心算です」

ほう。儒教的には実家に戻るのが当たり前だが、まぁ親が親だしな。家長の司馬防はずっと洛陽にいるだろうから、実家に戻る必要もないってか？　実に合理的だが、後で司馬防に代わって家を纏める母親や兄に怒られると思うぞ。

まぁそれは司馬家の家庭の事情だから関わる気はないけどな。いや、それはそれとして……

「課題と実家の河内《かだい》を掛けたか……やるじゃないか」

「ふっ」

早速諧謔《ジョーク》を披露してドヤ顔するお子様を褒めてやる。こういうのは褒めてやらんと滑ったと認識して、下手すればトラウマになるからな。

「とりあえずお前が帰らんのは了解した。俺が届けるから、洛陽の司馬防殿への書状を書いておけ。あと、弘農の軍事については徐晃《じょこう》に任せるし、政は鄭泰《ていたい》に任せる予定だから、何かわからない事があったら連中に聞くように。それでもわからないようなことがあったら遠慮せず洛陽に使者を立てろ」

「はっ」

こいつには簡単な宿題を残して、それを終わらせたら鄭泰の仕事を手伝わせよう。

くくく。今のうちから経験を積めば、一体どれだけの人物になるのやら。

このお子様が奇貨どころではないと知っているのは今のところ俺だけだ。いやはや、時間の流れと言うのは予想以上に早いものだ。

いや、ここは「楽しくなってきた」とでもいうところかね?

十二月。文官たちを散々焦らして洛陽に戻った李儒を待っていたのは、部屋の天井まで届くような竹簡の山と、何進や荀攸による尋問まがいの経過報告であったと言う。

八　西園三軍

中平五年（西暦一八八年）二月　洛陽・大将軍府大将軍執務室

年末年始のデスマーチを乗り越え無事に正月を終えた俺は、弘農に戻って弟子の教育をしようと思っていたのだが……緊急の事態が発生したため帰省することも許されず、何進の命を受けた荀攸によって捕らえられ、ここ、執務室に連行されていた。

……いや、扱いおかしくない？　俺は現役の九卿で、若造だけど大将軍府のナンバー２だよ？　なに？　何進が最優先《ナンバーワン》？　ごもっともです。

そんな不毛な脳内会議は良いとして。今日の議題は噂話と、それに反応したお偉いさんに対してどう動くかということだ。意味がわからない？　まぁ聞いておくんなまし。

事の発端は、ある占い師（国家公認の占い師）による占いの結果が報告されたことだった。

なんというか、この時点でアレだろ？　だがこの時代は普通に占い師の権限が強いので、決して馬鹿には出来んのだ。そして現在洛陽ではその占いの結果が噂として流布されていた。

まぁ流したのは宦官と名家連中だと言うことは把握しているし、さらにその内容を知るのは各派閥の一部の上層部だけという「それ、噂を流す意味有るのか？」と言いたくなるような稚拙な感じの噂話であるんだが。

そもそも庶民代表の何進の下に俺や荀攸がいる限り、名家や宦官どもが俺たちに知られずに庶民にまで幅広く噂を流すなどと言う行為は不可能だ。

なにせこちらは連中の紐付きを見つけたら「都の民の不安を煽っている罪」で摘発して殺しているからな。

その結果、今では金を貰っても連中の手足に成りたがるヤツが居ないと言う状況である。

そんな感じなので、連中が流せる噂は非常にニッチな感じでしかない。

しかしながら、後漢に限らず専制国家は密室での会合ですべてが決まるという社会なので、最終的には上層部の人間だけがわかっていれば良いと言わんばかりにゴリ押ししてくるのが最近の宦官や名家連中のやり口だったりする。

ならば最初から庶民に噂をばら撒くような意味のないことをするなって？　うん。普通はそう思う。

しかしながら向こうの連中は承認欲求が強いのと、庶民代表の何進が庶民の声を聞くことを知っているので、世間一般の声と言う体を保つことで自分たちの狙いを断りづらくしようとしたと思われる。

連中も一応は考えてはいるのだろう。しかしそのせいで連中の関与が発覚するのだから、まさしく生兵法であると言える。

その生兵法丸出しの連中が広めた噂とは何か？

「はぁ。『都で戦が起こり両宮で血が流れる』ねぇ？」

何進は胡散臭そうにしているが、何でも今回望気者（雲気を見て吉凶を占う人）がこんなことを言ったらしい。

そもそもそれを予測出来るなら「こいつは馬元義の時に何をしていたんだ？」って話になるのだが、その辺は触れてはいけないお約束である。

問題は「この言葉を誰がどう使うのか？」と言うことだ。

「はい。この結果を受けて大将軍司馬である許諒殿と仮司馬の伍宕殿が『六韜《りくとう》に倣い帝が将兵を率いて四方を威厭すべきではないか』と主張しております」

「……なんでそう言う結論になったんだ？　俺にはさっぱり意味がわからねぇよ」

「ご安心ください閣下。私もです」

うん。報告している俺が言うのもなんだが、さっぱり意味がわからん。

そもそも軍は何進が掌握している。そしてその何進は帝の後ろ盾あっての存在なんだから、わざわざ新たに軍を創設する必要などない。むしろ新たに軍を作ることで『両営』が生まれてしまうではないか。常識で考えればこの時点で新たな軍の設立など有り得ないと考えるのだが、洛陽の常識非常識の法則はここでもしっかり仕事をしているようで、何故か宮中では軍の新設が確定事項のように語られている。

「そうですな。私にもよくわかりませんが、とりあえず連中は『今の体制に不備が有るから戦乱が終わらないのだ。故に新たな軍の創設をするべきだ』と主張したいのでしょう。現在の洛陽に必要なのは新たな軍ではなく、何事にも足を引っ張る自分たちの排除だと言う事実を棚に上げてこの有様。実に嘆かわしいことです」

荀攸はそう言って溜め息を吐くが、名家の代表のような筍《たけのこ》……荀《じゅん》家の出としては、まさしく目を覆いたくなるような状況なのだろう。

「ついでに言えば、現状の何進閣下の一人勝ち状態をなんとかして食い止めたい連中は『ならば軍部の権限を自分たちのものにしてしまえば良い！』と考えたと言ったところでしょうか？」

「然《しか》り。まさしくその通りでしょうな」

「はぁ。これだから阿呆どもは……」

頭を押さえる何進に荀攸が解説を入れ、俺がトドメを刺す。実に見事な連携と言えよう。

しかし何と言うかアレだよな。連中は、何進が纏めつつある軍部の権力を分割して自分たちで抱え込みたいと言うのが丸わかりだ。どうやら軍事力による権威の補強は連中が思った以上のものだと気付いたようだ。

我を通すために必要なのは財力や権力ではなく暴力だ。それを知った連中は現在洛陽に於いて国家暴力である軍権を独り占めしている何進を追い落とそうと必死なわけだ。

とは言え元々連中が軍事力をもたないのは、何進が何かしたからではないんだよなぁ。

「一人勝ちも何も、そもそも軍事はコッチの専門だろうに。ついでに言えば宦官閥の張温にしろ名家閥の皇甫嵩にしろ、連中が勝手に足を引っ張ったんだろうが」

「「ごもっともです」」

そうなのだ。張温は去年の暮れに「乱の鎮圧が遅い」という理由で左遷させられている。

これに関してはこちらも精いっぱい引き延ばしてフォローを入れたおかげで罪人として扱われることはなかったのだが、降格は免れなかった。

もう少しで張純と烏桓の連中を引き離すことも可能だったろうに……いや、その気配を感じたからこそあそこで張温を左遷させたのか。

その辺の内情は相手に聞かないと不明なのでこだわるつもりはないが、連中は毎回こういった内輪での足の引っ張り合いで軍事力を手放しているのだ。もっと言えば黄巾の乱からここまでの数年間で連中の手で失脚した人間が多すぎて、軍部の中に連中を信用している人材が皆無であるという現実がある。

それがなくとも、そもそも宦官は軍部（と言うか帝以外の全ての者）に嫌われているし、名家も軍部の人間を見下すから、どうしても優秀な人間は帝派か何進派になる。

それを嫌った宦官や名家が成功しそうな将帥を左遷して、自分たちの手柄にしようとするんだぞ？　そんな状況で、誰が連中の部下になりたがるかって話だ。

応仁《おうにん》の乱の時の足利《あしかが》よりもたちが悪いわ。

そのせいかどうかは不明だが、史実では次に張純の乱を収める為に現地に赴くのは軍部の人間ではなく皇族である劉虞《りゅうぐ》となっている。

おそらくは「何進に手柄をやりたくないが、自分たちの中に使える手駒もない」という状況に陥った宦官どもが、直属の軍の設立と一緒に皇族に軍を率いらせることを帝に働きかけたんだろう。

こうなると今回の件は最初から公孫瓚と張温に下準備をさせて、手柄は皇族が喰らうって感じを狙っていたと見るべきか？

しかしこれで劉虞による張純と烏桓の離間に成功されてもなぁ。そりゃ最初から乱に関わっている公孫瓚からすれば手柄を横取りされたようにしか思わんよ。

加えて、皇族の中には未だに軍を率いることを「穢れ」と思っているような連中が多い故、現場主義の公孫瓚とは絶望的に相性が悪い。その上、現在交渉相手を模索している烏桓の丘力居は、一介の将軍でしかない公孫瓚よりも皇族と交渉することを望むだろう。

結果として『張温や公孫瓚が出来なかったことを、劉虞が皇族の威光で成し遂げた』ってなるんだろ？　しかしこれでは公孫瓚たちの面目は丸潰れである。

これはもう戦争不可避ですわ。

憤りを抱えるであろう公孫瓚を止めるには劉虞の派遣を止めるしかないのだが、今回の件で帝が無上将軍（笑）となって軍権を持ち、自らの声で皇族を派遣すると決めてしまえば我々にそれを覆すことは出来ない。

せいぜいが経験豊富な将帥を副官とする程度だろう。……こんな面倒事が確定しているところに首を突っ込みたがる奴がいるかどうかはわからんがな。

つまるところ公孫瓚に関してこちらからできることは極めて少ない。

せめて劉虞が調子に乗らないように警告を入れることと、物資を滞りなく送ることで印象を良くしておこうって感じだな。

「ごもっともってお前《め》ぇら。……まぁいい。んで、結局俺は何をどうすれば良いんだ？」

これから荒れるであろう公孫瓚の事情はさておくとして、緊喫の問題は洛陽にのさばる連中の狙いだ。名家や宦官が使う回りくどい宮廷語が書かれた書簡を読むことを諦めたのか、何進は俺たちに結論だけを聞いてくる。

変に曲解したり、無駄に喧嘩腰になられても困るからこれはこれで間違ってはいないんだが、まさか大将軍司馬から大将軍に送る書簡が竹簡ってわけにもいかないって感じで、向こうからちゃんとした紙を使って正式な書簡として送って来たというのにこの扱いである。

この時代の紙は貴重品なんだぞ？　もう少し扱いを……いや待て。あとで和紙みたいな感じで作ってみるか？　細かいやり方は知らんが、それっぽいことをさせれば弟子あたりが普通に「できました」とか言ってきそうだ。

いや、今のところ個人で金を稼ぐ必要が有るほど貧乏ではないし、そもそも税とか既得権益が絡んで来るから本格的に作るにしてもかなり後になるだろうけどな。

「おい」

……将来の産業については後で考えるとして、だ。

「どうもこうも。陛下が自前の軍を持ちたいと言うのであれば我々に止めることはできません。さらに予算も売官で得た予算を使うと言うなら尚更反論も不可能ですね」

軍をなんだと思っているんだ！　とか、太尉や衛尉がいるだろうが！　と言いたくなるが、結局のところは洛陽から動かない宦官や名家が、大将軍である何進に対抗するために自前の軍勢を持ちたいというだけの話である。

これは連中の私兵とも言えるが、それの設立するにあたって帝が許可を出し、帝の私財で運営すると言うなら俺たちには止められんよ。

つーか俺からは「勝手にやってろ」としか言えん。

「李儒殿が言われた通りです。そして帝の直属の配下となる者も向こうですでに決定済み。……連中、今回は中々に準備が早いですな」

言葉だけなら向こうを褒めているが、今回の件では完全に連中に出し抜かれた形になったからか、流石の荀攸も悔しそうにしている。

実際大将軍府は張温の罷免から生じた雑務（軍を引き上げたり、地元の軍閥に対する各種雑務

等）に労力を割かれていたとは言え、派閥としては完全に出し抜かれた形となるから荀攸の気持ち
もわからんではない。
　しかし連中は長年洛陽の泥沼に生息していて、さらに宮廷工作に特化した政治の化物だ。優秀で
は有るが、結局は良いところの坊っちゃんである荀攸では『澱み』が足りんよ。もし今回の件で荀
攸がただ出し抜かれたとだけ考えており、この『澱み』という根本的なことを自覚できていないな
いとしたら、今後も同じ土俵の上にすら立てんで負けることになるぞ。
　まぁ何進がそれを理解出来ていないとは思わんが、もしかしたら荀攸の優秀さを知って「コイツ
なら大丈夫だろう」って感じで油断したのかねぇ？
　あ、ちなみに俺は今回の件で悔しさとかは感じていない。
　なんたって俺は溜まりに溜まった大将軍府関連の書類を片付けることだけに専念しろって言われ
て、命令通りに黙々と書類仕事をしていただけだしな。
　その間の宮廷工作は荀攸と何進の仕事だった。つまり今回出し抜かれたのは俺じゃないってわけ
なので、俺は痛くも痒くもないのだ。
　いや、俺も西園八校尉の存在を忘れていたのは確かなのだが、現状を顧みて何進が連中にそんな
ん設立させる隙を作るなんて夢にも思わなかったってばよ。つまり、俺は悪くない！
　いやはやしかし、何進も荀攸もまだまだ甘いのぉ。
「……張温の罷免やら年末年始の仕事やらが片付いて多少油断したのは認める。しかしその、何と

いうかアレな顔は止めろ。普通に殴りたくなる」

「はっ。失礼いたしました」

おっと、ついついドヤ顔をしていたようだ。失敬失敬。

「……李儒殿の表情についてはともかくとして、話を進めましょう。結論から言えば、現段階で閣下が出来ることは、下手に抵抗せず、むしろ自らが上奏して新たな軍の新設を認めることしか御座いません」

荀攸の意見を聞き嫌そうに顔を顰める何進だが、今のところはそうやってせめて自分の傷を小さくするしかないと言うのも事実である。

どうせ負けが決まっているなら、いっそのこと潔く退くのも立派な戦術と言うことだな。

しかしそれだけだとアレなんで、何進が溜飲を下げることが出来るように俺からも簡単な追加案くらいは出そうじゃないか。

「では連中の主張を認めるついでに官位を追加で買うべきですな。今までは他の方々に遠慮するように言われておりましたが、帝の軍を運営するための資金を軍部が負担すると言うのは当たり前の話でしょう?」

流石にもう九卿だの太傅《たいふ》は売らんだろうが、いくつかの郡太守や役職は買うべきだ。ついでに荀攸を尚書あたりにしたら良いと思う。そうすれば今後は荀攸が大将軍府の文官筆頭みたいな感じになるだろうからな！

俺？　俺はこれ以上無理だ。普通に光禄勲の執務もあるし。

いやぁ残念だなぁ（棒）。

「……ほほぅ？　なるほどなぁ。連中は俺に対して『他の連中が買えなくなるからこれ以上買うな』と言ってきたが、今回の件を利用して『他の連中よりも帝の御意志を優先すべきだ』って話にする気か？　まったく、相変わらず性格が捻《ね》じ曲がってやがる」

「確かに。そのような搦《から》め手は私には思いつきもしませんでした。流石の性格の悪さですな」

「いやいや、褒めても何も出ませんよ？」

「「……」」

まったく。なんか二人して俺のことを性格悪いだとか持ち上げて何がしたいんだか。大体性格が悪くない軍師なんかいないし、そんな奴が洛陽で政治に携わることなんか出来るわけないだろうに。

と言うか、ここまで来るのにかなり後ろ暗いことをしてきた何進が言うことかねぇ？

だが、まぁアレだ。庶民出身の何進と名家の代表格である荀攸が、こうしてしみじみと会話が出来る程度には仲が良くなっていると言うのは、間違いなく良い事だと思う。

荀攸のおかげで自前の名家閥の連中も補強できたし、今回の大将軍司馬だの仮司馬が馬脚を露《あらわ》してくれたおかげで、大将軍府内に於ける派閥が明確になったのも良い。

粛清……とまでは行かんが、しっかりと左遷してやるよ。今の俺たちに身中の虫なんざ生かす意味がないんだからな。

中平五年（西暦一八八年）三月

何進は帝に対して直轄軍の設立を上奏し、これを受けた帝は何進に兵を四方から集めるように勅を下すこととなる。

これを受けて何進は司隷・豫州・冀州・兗州・荊州など、各地から兵《人材》を集めると共に、大将軍府に所属する人間を朝廷の下に出向させ、直轄軍の設立を積極的に助けたという。

無上将軍劉宏が率いる皇帝直轄軍である『西園軍』が正式に組織されることになるのは、それから数ヶ月後のことであった。

この西園軍の存在が漢という大帝国を震撼させる契機となるとは、皇帝も、宦官も、そして何進も知る由もないことであった。

偽典・演義

~とある策士の三國志~

giten engi

特別読切

幕間一　高祖の風

時は少し遡り、中平元年（西暦一八四年）十一月・洛陽。

続々と帰還してくる官軍の中に、いくつか交じる義勇軍の旗がある。彼らは独自に立った者も居れば、地元の名士と呼ばれる者によって推挙され、官軍の手伝いという形で戦に参加した者も居る。

今回の乱において大将軍何進は軍部の権力拡張を狙ったか「功績の有る者全てに報奨を与える」と宣言。その為、報告に漏れ等がないように厳しいチェックを入れていた（無論チェックを入れるのは李儒）。

そうして功罪のチェックを入れていた李儒の目に留まったのが、今回の黄巾の乱において校尉の鄒靖《すうせい》に従って功を上げたとされる義勇軍の存在である。

その頭領は涿《たく》郡涿県の筵《むしろ》売りにして属尽（今上の帝から見て分家の分家の分家の分家の分家……と言った感じの存在。つまり劉氏ではあるが、皇族を名乗れるレベルではないとされる人たちを指す言葉）の中の一人と言われる男。

元郎中であり兗州東郡范《はん》県の令、劉雄《りゅうゆう》の孫にして盧植の弟子。引っ張るまでもないのでネタバレしてしまえば、後に蜀漢《しょっかん》の皇帝となる劉備玄徳《りゅうびげんとく》である。

（……なんでこんな家の人間が筵売りに落ちぶれたのかは謎だよな。アレか？　賄賂とかを支払いすぎて金がなくなったか？　まぁ良いや）

「閣下。洛陽郊外にて義勇軍を率いた者が報奨を待っております。さっさと済ませてきてもよろしいでしょうか？」

「あぁ、義勇軍だぁ？　なんでそんな雑魚に……いや、まぁ『誰にでも報奨を出す』って言っちまったからなぁ」

「ですな。一応校尉である鄒靖からも功績があったと言う報告が上がっておりますので、功績については問題ないかと」

「そうか。さっさと終わらせられるってんなら、さっさと終わらせるか」

基本的に書類仕事は李儒一味の仕事だ（李儒は未だに認めていないが）。しかしそれでも確認作業やら何やらは彼がしなければならない。正直この作業は何進も面倒なのだが、だからといって信賞必罰を疎かにすれば軍が成り立たないし、何処で誰と誰がどのように繋がっているのかがわからないので、どうしても注意が必要なのだ。

ただ、彼ら義勇軍は洛陽との繋がりはないに等しい（縁があったら正規軍の一部扱いとして参加し、おこぼれを貰っている）ので、幾分楽に決断が下せるのが救いと言えば救いと言えるだろう。

……相手が普通の立場の人間なら。

「で、どんな奴って……おいおい属尽かよ」

「えぇ。そうなんです。扱いによっては面倒なことになるかと思いまして」

「あ～そうだな」

興味を持った相手が属尽ということを知り、何進は微妙な表情をする。実際皇帝の外戚である何進からすれば属尽と言うのは微妙に気を使う必要がある相手でもあった。

「この連中のように、一見簡単に見えて放置したら後々面倒になりそうなのは今のうちに処理するべきかと」

ここで見ないふりをして「しばらく放置された！」とか言われても困るのだが、今なら他の連中と同じくらいの時期に処理することになるから、特に不満も出ないだろう。

「だな。属尽の癖にあえて正規軍じゃなく義勇軍で参加ってところに面倒臭さが垣間見える。うむ、こう言うのはさっさと片付けるに限るな」

「同感です」

どうやら何進も李儒と同じように、中途半端なプライドが邪魔して官軍に頭を下げることが出来なかったか、もしくは官軍の方で戦列に加えたくないと拒否されたんじゃねぇか？　と判断したようだ。

（うん。まぁ普通なら何かしらのワケありだと判断するだろうな。実際、「子分共の前で官軍に頭を下げられなかった」とかありそうだし）

「しかし態々お前が出向くような相手か？　……いやまぁ属尽だから多少は配慮するべきなのかもしれんがよぉ」

何進は李儒を見ながら、やや不満そうな声をあげる。

（これはアレだな、俺が仕事をサボる為に外に行こうとしていると疑っているな？　……半分は正解だから何とも言えん。しかし今回は一応の名目があるのだよ）

「確かに微妙な相手ではありますが、下手に部下に行かせて『義勇軍だから』と言って見下して問題を起こされても困りますからね」

「あぁ。それもそうか。それを考えればお前が行くのも妥当っちゃ妥当ではあるな」

なんだかんだ言っても向こうは宗室（宗家に認められた一門衆）ではないが劉氏の一員だ。下手に蔑ろにしては名家だの宦官共に何を言われるかわからない。

しかしいくら何でも何進が出る程でもない。ならば懐刀ではあるが若僧である李儒が赴くくらいがちょうど良い。と言ったところだろうか？　属尽である劉備に対して、李儒はそれなりの名家の出であると同時に現役の弘農丞である。これなら無礼と言うことはないだろう。

何進にそう判断させたことで、李儒の中で最大の難関と考えていた「大将軍府からの脱出」は確実となった。

残る問題は連中に何をやるか？　である。

「で、褒美はどうする？　こいつの場合銭だけじゃ済まねぇだろ」

劉氏と言うだけでそれなりな扱いをしなければいけないのが儒教社会の厄介なところだ。

李儒は（これが賊の劉辟《りゅうへき》とかなら普通に殺すんだがなぁ）と物騒な考えを浮かべつつ、何進の問いに答える。

「ですな。妥当なところであればどこぞの県の令（太守）か、尉（県の軍を率いる武官）がよろしいかと存じます」

「ふむ。尉はともかく県令かよ。……大丈夫なのか？」

基本的に力さえあれば破落戸でも出来る尉に対して、県令は総合管理職だ。その為何進が慎重になるのもわからないではない。

李儒としても本気で県令にしようとは思ってはいないのだが（奴にはここでミスをさせるのもアリかなぁ？）と思う気持ちが有るのも事実であった。

とは言え何かやらかして自分のせいにされても困るというのもある。

「この属尽殿は盧植殿の教えを受けたことがあるらしいですね。本人も読み書き程度はできるでしょう。後は配下に読み書き算術ができる者がどれだけ居るかによりますな」

「そりゃそうだな」

少々迷ったが、結局李儒は強く推すことはせず「あくまで一般論です」といった感じで話を進めることにした。

ちなみにこの時代、満足に読み書きができないくせに県令になる人間も居る。

　だがそういった連中は部下が好き勝手やってグダグダになり、最終的には罷免されることになる。そういったことが発生した場合、推薦者が責任を問われることになるので、基本的に李儒や何進は破落戸を推薦して、県だの郡を任せることはない。

　面倒事を起こすのは名家閥や宦官閥の連中に任せて、こちらは手堅く行く。それが李儒の方針であった。

「しかし盧植の弟子かよ。だったらロクでもねぇ野郎だよな」

（おぉう。酷い言われようだが、まぁその気持ちもわからんでもない）

　なにせ以前の左豊の件以来、何進の中で盧植の評価は最底辺にあるからだ。ちなみに彼は戦後皇甫嵩や朱儁によって赦免を求められ、帝が恩赦を認めたために、今では牢から出されているものの大将軍府で使う予定はない。自分《たち》
　もし擦り寄ってきたとしても適当な閑職を用意してそこに閉じ込める予定である。

　そして今話題に上がっている属尽こと劉備が盧植の弟子であるとわかった以上、何進の中で劉備はロクでもない人間であると確定してしまう。

　この時代、師は弟子の鑑《かがみ》と言うのは常識なのでそれも仕方のないことだ。

　しかし李儒の中で劉備と言えば、感情的になりがちで戦に弱く、政治も知らず、裏切りと寄生を繰り返し、更に家族を見捨てることに定評が有るアンチ曹操の旗頭なイメージである。

　しかしそれだけだと、本当にただのろくでなしだ。そんな人物に部下はついていかない。

（いや、つーかこれで戦が強かったら完全に宇宙大将軍じゃね？　色んな陣営に行ってるし蜀漢（笑）とか作ってるし。共通点が多いような……いやはや一体どんな人物なんだか。あぁ、あとは関羽《かんう》だ。劉備の器は関羽が配下にいた事で証明されているって話も有るくらいだし、彼がどれほどの人物か見てみたい。張飛？　簡雍《かんよう》？　まぁうん）

前世の記憶でしか知らない人間を評価するのは噂を鵜呑《うの》みにするのと同じくらい危険なことだと考えている李儒は、個人的な興味を含めて劉備という人物に興味を抱いていた。

……当然、処分できるなら処分するべきだ。とも考えているのだが。

（と言うか、なんで大将軍府の文官連中は義勇軍を後回しにしてるんだ？　郊外に居座られても面倒だろうし、無視したってなったら「全員に報酬を」って言う何進の言葉に反することになるだろうが。こうやってさっさと終わらせることが出来るものはさっさと片付けるって言う、当たり前のことが出来んから仕事が溜まるんだよ。経費の計算をして金も出す必要もあるが、数百人単位なら楽なもんだろうに）

内心でブツブツとつぶやく李儒に何を思ったかは不明だが、何進は結論を先に述べる。

「ふむ。俺としても流石にロクでもねぇとわかっている破落戸を県令にはしたくはねぇな。まずは尉にしておけ」

「はっ」

劉備一行は今回の戦に義勇軍として参加したので、軍事的な功績は上げたとみなされたものの、文官としての実績はない。よって何進の判断は誰が見ても妥当なものであった。

「任地は……中山《ちゅうざん》靖王《せいおう》劉勝《りゅうしょう》の末裔って触れ込みなら中山だな。県は任せる」

「かしこまりました」

これも妥当と言えば妥当である。しっかりと属尽である劉備の立場を踏まえた配慮をしているから文句も言えない。この決断の速さは流石。と言うべきだろう。

「つーかそもそも中山靖王劉勝は、子供や孫が百人以上居たってくらいだからな。その分家の子孫なんか特別扱いしてたら時間も予算もいくらあっても足りん。さっさと済ませてこい」

「はっ（おっと釘を刺されたか）」

未来の英雄様に対して扱いが雑だと思わなくもないが、この時期の劉備の扱いなどこの程度が妥当なところなのも事実。

李儒にとって重要なのは、正式な外出許可を得たことであろう。

「ふふふ。見せてもらおう。噂の高祖の風を持つ漢とやらを！」

前世でもそれなりに三國志が好きだった李儒は、まだ見ぬ英傑との出会いに胸を躍らせたのだった。

洛陽郊外

「さて、意気込んできたのは良いものの……」

大将軍府から出た李儒は、目当ての劉備がいるとされる義勇軍が野営している土地へと足を運んでいた。

「うん。知ってた。知っていたんだがなぁ」

思わず失望の声を上げてしまう李儒。お目当ての場所にあったのは、正規軍ではありえないほど雑多な雰囲気を醸し出す野営地であった。

もし李儒が治安維持を担当する役職に就いていたら、間違いなく排除しようとするであろう汚さだが、それが義勇軍というものである。

そもそも義勇軍とは何ぞや？　と聞かれれば、自警団の一種という返答がくるだろう。彼らは正式な軍ではないので予算というものがない。予算がないから武具や兵糧は商人や村、または町の有力者からの援助に頼ることになる。

三國志演義などでは劉備の器に惚れた商人が快く資金などを援助したとされる描写があるが、それは正しい描写ではない。

考えてもみてほしい。普通の村や町に数百人の武装した連中が現れ「俺たちは賊を討つために結成した義勇軍だ。大義を成すために食糧や金を援助してほしい」などと主張してきたら、普通の人間はどういう態度を取るだろうか？

武器を持って立ち向かう？　若い人間は兵役で連れていかれているし、武器になるものだって官軍が厳しく監視している以上不可能と言わざるを得ない。

では断るか？　義勇軍を名乗る者が暴れ、村の蓄えをすべて奪われる可能性を考えれば、それも無理だ。

そう。彼らに出来るのは、笑顔で物資を差し出すことしかないのだ。

だが、ただでさえ税と賊のせいで瀕死になっているところに、こういった義勇軍を名乗る賊にまで蓄えを奪われてしまっては村人たちが生きていくことなどできなくなってしまう。

だからこそ地方でそこそこ名の知れた商人が援助という名目で物品を渡し、義勇軍を名乗る賊を追い払うのだ。その際に使用された物品の代金は、治安維持という名目で州や郡で負担しているのだから、州や郡を治める役人としては堪ったものではないだろう。

ちなみに商人から請求された場合、踏み倒すケースはほとんどない。それは彼らが地域に根差した勢力であると同時に『商人への支払い』を名目にして、中央に予算を計上することが出来るからだ。

結局のところ彼ら義勇軍は「官軍には従わない！」と嘯き、軍部の命令に従わないくせに予算と食糧を求め、不当に集めたソレを浪費するだけの厄介者でしかないのである。

それでも正式な校尉から功績を保証された劉備はまだマシな部類といえよう。……まぁ、鄒靖にしても劉備が持つ属尽コミュニティとのコネを期待したからこその推挙というのもあるのだが、そういった背景も立派な力と考えれば、総合的な評価はやはり「まだマシ」という評価が妥当なところといえるだろう。

そんな義勇軍を率いて、厚かましくも洛陽の近くに野営しているのが劉備という男だ。

「面の皮の厚さは見事。とでも言うべきだろうか？」

英傑に対する評価としては微妙極まりないものだが、今の李儒が劉備を褒めるとすればそこしかなかったのも事実である。

「……お客さん、ウチに何か用ですかい？」

洛陽の方向から小綺麗な格好をした若者が向かってきているということは把握していたのだろう。李儒が野営地に近づくと、高くも低くもない身長。太くもなければ痩せてもいない体格。特に特徴がないのが特徴とでも言うのだろうか、しかし義勇軍の兵が彼を見る目は、それなりに信用を得ているように見えなくもない。そんな若者が顔を出してきた。

「お役人さん。俺は簡雍ってもん……あぁ、いや、私は簡雍と申します」

李儒の目の前に現れた男はそう言って頭を下げる。

（簡雍、か）

名乗りながら頭を下げた青年の後頭部を視界に入れながら、李儒は内心でその名を繰り返しつぶやいた。

簡雍。それは劉備と同郷であり、彼が旗揚げする前から劉備の傍《そば》にいたとされる常識人の名である。

義勇軍とは名ばかりの、幽州出身の破落戸どもを引き連れて洛陽の近くまで来るだけでも一苦労では済まない苦労があるだろうに、こうして野営をしながらも洛陽にいる名家だの宦官をはじめとした連中に目を付けられることがないよう纏め上げる苦労は如何ばかりか。

そして今も洛陽からの使者であるものの、明らかに己と同世代とわかる若者に深く頭を下げ続けることが、この時代の人間にとってどれだけ屈辱的なことか。

少なくとも李儒が思い描く劉備や関羽には不可能なことだと断言できる。

……ちなみに張飛は士大夫に委縮する性格らしいので現時点では不可能とまでは言わない。

そんな劉備一行の人物評価はさておくとして。

(若いのに苦労してるなぁ)

社畜は社畜を知る。とでも言うのだろうか。主君に代わって頭を下げ続ける簡雍に対し李儒はなんとも言えないシンパシーのようなものを抱いたという。

幕間二　何進と李儒

光和五年（西暦一八二年）某日　司隷洛陽

洛陽に置かれた河南尹の執務室では、今日も今日とて部屋の主である何進が、ここ数年で自身の腹心になりつつある若造と共に職務を行っていた。

「閣下。こちらが今月分の報告書になります。それと今回は、最後に面白い内容がありますよ？」

「ほほう。そりゃ楽しみだ」

そう言って報告書を受け取ると、何進は口元に笑みを浮かべながらその内容に目を通していく。

思えば一昔前はろくに信用出来る者が居なかったので、自分がなんでもかんでもやっており、毎日が文字通り目が回るような忙しさであった。しかし最近は自身で色んな部署に行って折衝などをするのではなく、自分の代わりに動いた者たちから上げられて来た書類に不自然な部分がないかを確認するという、正しく管理職の仕事を行っていることが出来ているので、自分自身でも随分余裕が有るように思われた。

そんな余裕が有る何進であったが、報告書の最後に書かれていた、若造曰く『面白い内容』の部分を見て一瞬固まり、思わずその真偽を確認してしまう。

「……おいおいこれは本当か？」

その問いに対する答えは、もちろん肯定である。

「無論です。各種証拠もありますし、もはやこれは確定情報と言っても良いでしょう」

「そうか。しかしこの報告は……」

「閣下。上に立つ者は見たいものだけを見るようではいけません」

「それはわかってる」

「いえ、率直に言えば、閣下の認識は未《いま》だ足りておりません」

不快気に言葉を切ろうとする何進に対して、あろうことか正面から堂々と『わかってるつもりでは駄目だ』と駄目出しをする二十にもならない若造がいる。何進のことを知る何苗《かびょう》などがこれを聞いたら「おいおい死んだな」と、その若造に呆《あき》れの視線を向けるだろう。

実際、余裕が有るという事と鈍っているということは同じではない。もしも目の前にいる若造以外の者が自分に対して彼と同じような態度を取ったならば、何進は烈火のように怒ってその者を処罰するか、あの手この手を使ってその者を陥れて、その家族に至るまで地獄を味わわせる計画を立てるくらいはする男であった。

「……」

しかしこのとき何進が取った行動は、発言者を無言で睨むだけ。

本来であれば不敬や無礼を理由に殺されてもおかしくはない若造が、何進に対してこのような態度を取っても許されるのは、彼の家柄がどうこうではなく、それが許されるだけの実績を挙げているからだ。

そう。今では名家閥の袁隗や宦官を率いる十常侍の張譲ですら警戒を必要とするような存在となっている何進の前で、このような態度を取ることを黙認されている腹心の若造こと李儒は、何進の下に出仕してから僅か二年の間に様々な実績を挙げており、今では何進の個人的な腹心という立ち位置の他に、河南尹の職場に於いても確固たる地位を築きつつあった。

……ここで李儒が何進に出仕した二年と少しで、どのようなことをしたのかを簡単に記してみよう。

そもそもの話ではあるが、何進は自らの下に李儒が出仕してきた際にアピールしてきた事柄に対して、聞くべきところがあることは認めていたが、十五の若造でしかない李儒がいきなり名家の人間の引き抜きや派閥の管理などが出来るとは思ってはいなかった。

そのため、何をするにしても最初の数年は書類仕事をさせて実務経験を積ませてからになるだろうと、至極常識的、かつ長期的な目で今後を見据えていたのだ。

しかし当の李儒は、そんな彼の思惑を軽々と飛び越えた。何進に仕えることになった李儒は、何進が侍中（皇帝の側近）であり将作大匠（宮殿や宗廟の造営を担う役職の責任者）であり河南尹

（洛陽を含む司隷河南尹一郡の長官）である何進の個人的な配下であることを利用し、最初にそれぞれの職場に在籍する職員たちの所属する派閥の確認を行ったと言う。

そして何進が、同郷の宦官である郭勝《かくしょう》の引き立てで出世をした経緯があったせいか、彼の周囲に居た職員の大半は宦官と繋がっている所謂《いわゆる》濁流派の人間であったことを知る。それを知った李儒は、遠からず自分たちと敵対することになる存在である彼らを自派閥から除くことを決意した。

除くとは言っても暴力に訴えたわけではない。まずは何進が彼らに任せていた仕事を少しずつ自分で行うことにして、彼らの居場所を奪おうとしたのだ。

当たり前の話ではあるが、今まで付け届け《賄賂》を貰わなければまともに仕事もせず、その仕事も再度付け届けを貰うために、無駄に勿体振ってチマチマと時間をかけて行うことが常識であった濁流派の連中と、普段から仕事を残すことを嫌い、朝から晩まで働くことを常識とする社畜の精神を持つ李儒ではその作業効率はまるで違う。

更に千八百年以上先の、本当に煩雑な事務仕事を経験している李儒からすれば、この時代の拙い算術知識でもこなす事が出来るような事務仕事は片手間に出来る単純作業に過ぎなかった。こうして李儒は妙な道具（算盤）を片手にパチパチと計算を行いながら、サクサクと書類を片付けていった。……この際の彼の作業効率は、通常の三倍では済まない程の速さを誇っていたと言う。

そんな感じで、周囲がドン引きするレベルの速度で作業をするのだから、数ヶ月後には河南尹や将作に関係する仕事は流れるように片付くことになるのも当然であろう。

さらに何進を喜ばせたのが、李儒が一人で作業を行うことで、これまで名家特有の言い回しを使った嫌がらせのように長ったらしい文が書かれた書類や、それぞれの担当者の癖などによって理解しづらかった書類が簡略化されていたことだった。

これにより何進のみならず、何苗でさえ理解できるようなわかりやすい報告書が届くようになり、結果として目に見えて作業効率が向上したことも、元々名家出身の連中の作業に不満を抱いていた何進からすれば歓迎すべきことであった。

そして、今までは『決して好きではないが業務を行うために必要だから』と割り切って濁流派の人間を抱え込んでいた何進であったが、李儒一人でここまで出来ると言うのなら無理に宦官との繋がりがある無能連中を抱え込む必要はないと判断し、不要な人間を少しずつ職務怠慢という口実で己の派閥から放逐することに成功する。

こうして李儒は河南尹の内部から徐々に宦官の影響力を削ぎつつ、宦官と繋がりがある濁流派の存在を嫌って距離を取っていた名家の人間を受け入れる下地を築いていった。

何進にとってはこれだけでもありがたいのに、さらに李儒の価値を高めたのが彼から差し出された名家の情報である。

彼らの登用に関しては自分ではなく、何進が行うのが一番効率が良いと判断した李儒は、己が手に入れた情報を抱え込んで自分の手柄にするために利用しようとはせず、むしろ率先して何進に与えていったのだ。これは何進が当初予想したように、いくら宦官の影響力が減ったとは言え、無駄に誇りが高い名家の人間が若造である自分からの誘いなど受けはしないだろうと判断したからだ。

　だからこそ李儒は、最初に何進が口説けば幕下に加えることが出来るであろう人材を書簡に纏めて、報告することにした。

　しかしそれは、何進との面接の際に言ったように『名家同士の争いに嫌気がさして隠生している者』ではなく、まずは権力争いに敗れそうな者であったり、上役から蜥蜴《とかげ》の尻尾切りに遭って路頭に迷いそうな者だったりと、立場の弱い者を選んでいたと言う。

　そうした報告と提案を受けた何進は、最初は何でこんな奴らをわざわざ自分が……と言う気持ちがなかったわけではない。しかし面接の際に李儒が言った『子供でも百人いれば大人の一人は殺せる』という言葉を思い出し、とりあえずの不満を抑えて彼らを拾い上げることにした。

　そして何進から声をかけられた名家の人間の反応は、何進が思った以上にあっさりとしていた。

　しかしそれも、彼らの立場からすれば無理もないことだろう。普段なら取り付く島もなく追い払うことも出来たのかもしれないが、どれだけいきがっても何進から声をかけられた時点で、彼らが名家閥や宦官たちに追い詰められていることに変わりはないのだ。

　さらに己の一時の感情で何進から差し伸べられた手を払えってしまえば、一族が生きていくことは出来ないと自覚していたことも、当然無関係ではない。結果として彼らは、無駄に何進を焦らしたりすることなく彼の幕下に加わることを承諾していった。

いや、まぁ一部では自分を高値で売りつけようとする者も居ないではなかったが、そう言った自分の立場を弁《わきま》えない阿呆に対しては、何進もさっさと見切りをつけて放逐したので、結局何進が登用することに成功した人員は、内心はどうあれ真面目に職務に当たることが出来る人員となった。

弱小の名家にとって最も重要なことは一銭にもならない誇りではなく、先祖から引き継いだ家を残すことである。そのためには何進《肉屋の小倅》だろうと李儒《若造》だろうと従うことに異論はない。そういった割り切りが出来る人間を集めたと言ってもよいだろう。

一応、そんな彼らとしてもなけなしの誇りはあったのか、外戚の何進よりも同じ名家である李儒の方が頭を下げやすかったらしいのだが……元々何進は李儒を自分の派閥の中に出来た名家の連中の纏め役にすることを考えていたので、李儒の影響力が拡大してもなんら問題はないと見做していた。

また、この時点で何進が引き抜いた人員は、権力中枢に居る者たちから見れば権力闘争に敗れた人間に過ぎず、洛陽の政治に何ら影響を与えるものでもなかった為に、袁隗らが率いる名家閥の上層部や張譲が目を光らせる宦官閥の上層部も何進の行動を『負け犬同士が手を組んだ』と蔑むことは有っても警戒することはなかったと言う。

こうして何進が手に入れた人材は、彼らを束ねる李儒による本気で真剣《を用いた》な薫陶のおかげか、これまで何進の周囲に居た濁流派の連中とは違い、何進が不気味に思うほどに従順かつ粛々と日々の業務をこなしていくことになる。

これにより何進の担当する職務のすべてに於いて作業効率が向上したことを受けて、何進は李儒の本当の狙いに気付くことが出来た。

そう。李儒が彼らに求めたのは、百人で一人の政敵を倒す為の政治力ではない。もっと単純に、読み書き算術が出来て、尚且《なおか》つ派閥の色がついていない人材が配下に欲しかったのだ。

と言うのも、李儒からすれば、この後漢という知識が独占されていて読み書き算術が出来る人間が希少である時代に於いて、阿呆な連中の権力争いで希少な人材を使い潰すなど正気の沙汰ではないという思いがあったし、なんだかんだで自分だけ真面目に働くのも面白くないと思っていたので、彼らのように後がない為に真面目に働くであろう人員を積極的に登用するよう何進に献策したのだ。

……だが、その狙いが本当に自分が楽をするためであったり、人材の浪費を防ぐためだけで終わるような底が浅いものであったなら、李儒は後に何進からも『腹黒外道』などと認定されるようなことはなかったであろう。

李儒が本当に彼らに求めたもの。それは何進に対する風評を流すことだった。

これをわかりやすく言うなら、結果として何進に助けられることになった彼ら弱小の名家たちは、自分の家族や知り合いなどに『何進に助けられた』とまでは言わなくとも『今は何進の部下として働いている』程度は口にする機会があるはず。そうなれば、その話を聞いた身内や知り合いの人間は、何進に対する評価を改めることになるだろう。

その際の何進の風評はどのようなものでも構わない。なにせ肉屋の小倅ということで意図的に無視されていた何進が、何かしらの評価をされるだけでも十分な前進なのだから。

故にこそ李儒は『悪評もまた評』を地で行く感じで割り切り、とにかく何進の風評を流すことに専念したし、何進は何進で元々名家からの風評など気にするような人間でもないので、自身の悪評に対して検閲めいた真似をして制限するようなことはしなかった。

こう言った彼らの態度が、心ある者たちから見れば『名声目当てで動いてはいない』と見えたのだろうか。最近では何進が赴いて頭を下げなくても、向こうから出仕したいという人間が来たり、名家と宦官の権力争いを嫌って洛陽から距離を置いていた人材の招聘にも成功していた。

これまで散々見下された上に協力を断られてきた経験を持つ何進からすれば、これだけでも優越感に浸るには十分であった。

また、当たり前の話ではあるが、人材を登用すればするほど自分の派閥から宦官閥や名家閥の臭いが消えていくのだ。これで気分が悪くなるはずもない。

しかもそんな好循環をもたらした張本人である李儒は、これだけの功績を上げたにもかかわらず、特に褒美などを強請《ねだ》ることもなく、ひたすらに日々の作業にあたるのだから、使用する立場である何進にとってはありがたいどころの話ではない。

そんなこんなで最近の何進は、李儒を囲い込むために適当な者を養女にして嫁がせようか？　と画策するほどに彼を買っていたので、多少の無礼も黙認するのである。

しかしこうして彼が上げてきた報告とその所感を確認した何進は、自分の認識が甘かったことを再認識することになる。

そして今自分の手の中にある漢帝国に未曽有の大混乱を齎すであろう情報を、ただ一言で面白いと言い切ることが出来る若造が、本当の意味での『神童《ばけもの》』であることを認識した何進は、本気でこの男を囲い込むことが必要だと判断するに至る。

「……詳しく聞かせろ。この太平道って連中がこれから何をどうする気なのかを、な」

「はっ。連中の狙いのみならず、周囲の動きや、それに伴って閣下がどう動くべきかの考察も交えてお話しさせて頂きます」

真顔で命じる何進に対し、李儒も真顔で拱手して答える。

この日、李儒が摑み何進に報告をした面白い情報とは、数年後に漢を揺るがすこととなる大乱。すなわち黄巾の乱の前兆であった。

この後、何進は大将軍となり位人臣を極めることになるのだが、それはまだ先の話である。

李家の神童と司馬家の鬼才

中平四年（西暦一八七年）十二月　司隷弘農

「ふむ……やはり良くわかりませんね」

年末を迎えたある日のこと、実質的に弘農を治めている弘農丞の李儒から弟子認定をされているため、李儒の執務室への立ち入りさえ許可されるという特別扱いを受けている御年八歳のお子様である司馬懿はこの日、執務室の隣に置かれている資料室に於いて資料を漁っていた。

「おや、なにやら声が聞こえたと思ったら司馬懿殿ではないか。ここに君が理解出来ないものがあるとは思えないが、何か問題でもあったのかね？」

「む？」

ふと口にした言葉に対して、返答があったことに意表を突かれた形となった司馬懿は、内心でビクッ！　としたものの、持ち前の精神力を発揮してとりあえず何でもないような風を装いつつ声のした方へと目を向ける。するとそこには李儒の留守中に弘農の政を任された鄭泰の姿があった。

「これは別駕従事殿。職務のお邪魔をして申し訳ありません」

名家の中でもそれなりに名が知れた司馬家の人間であり、李儒の弟子として色々と特別扱いを受けている司馬懿ではあるが、彼は自身の社会的な地位が無位無冠の子供でしかないということをしっかり自覚しているので、突如として声を掛けてきた鄭泰に対して偉ぶることなく当たり前に頭を下げる。

「なんのなんの。確かに私は李儒殿よりこの弘農の留守を預かることを命じられた身ではあるが、基本的なことは全て李儒殿が差配しておるのでな。私がやるのは報告書と資料を纏めること程度でしかないのだ。故に職務の邪魔にはなっとらんから謝罪の必要はないよ」

そして頭を下げた司馬懿に対し、謙遜でもなんでもなく己の職務が形骸化していることを認めるような発言をする鄭泰。実は彼らのこのような態度も司馬懿の頭を悩ませる要因の一つとなっていた。

それと言うのも、実はこの時代の常識であれば、鄭泰のようなそれなりに名が知れている名家《士大夫》の人間は、実際には大したことをしていなくても自分がどれだけ偉いかを力説するのが普通なのである。故に、こうして自分から己を軽んずるような発言をするのは非常に珍しいことであり、彼としても反応に困ってしまうのだ。

「ふむ。そうなのですか?」

「……あぁ、その様子では司馬懿殿はまだ『李家の神童』と謳われた李儒殿がどれだけ異常なのかを理解していないのだね？」

　自分の言葉を聞いて無表情で首を傾げる司馬懿を見て、洛陽で散々名家や宦官たちと顔を合わせてきた経験を持つ鄭泰は、もし自分が同じ立場なら同じような疑問を抱くだろうと思い、司馬懿が何に疑問を覚えているかを即座に理解する。

　司馬懿が抱えている疑問を直接的な言葉で言い表すならば、『何故弘農の人間は偉ぶったりしないのか？』となるのだろう。それに対し鄭泰は「その答えは李儒という人物を正しく理解しているかどうかにある」と言外に答えていた。

「はい。正直に言いまして、師が偉大なのは理解しておりますが、その詳細がわからないと申しますか」

「うむうむ。その気持ちはわからんでもないよ」

　確かに司馬懿は少し前に李儒に弟子入りすることができた。しかし弟子として教えを受けた時間はまだ浅く、師である李儒という人間を測りかねているのだ。

　それはたとえるなら、遠くに見える山の大きさは理解出来ていても、その峻険さや危険性が理解出来ない状況。とでも言えば良いのだろうか。

　鄭泰の場合は李儒とそこそこの期間付き合っているからこそそれを知っており、それを知っているからこそ己より遥かに年下である李儒に仕えることに文句はないし、無駄に虚勢を張るつもりもない。これは洛陽の大将軍府に所属する荀攸や鍾繇《しょうよう》なども同じ気持ちだろう。

しかし彼を知らない人間からすれば、自分たちよりも年齢も知名度も家格も遥かに下の彼に対して自分のたちが唯々諾々と従っていることに疑問を抱くのは無理もないことである。

「ご理解いただきありがとうございます。そこでまず師を理解するために、これまで師がどのようなことを成したのかを詳細に知ろうと思い資料を漁っているのですが……どうもその資料が見つからず、困っております」

普通なら李儒の用意した資料室には、李儒の功績が掲載されている資料があるものだが、何故かここ弘農の資料室にはそう言ったものが一切なかったのだ。

「……あぁ、李儒殿は資料に己の功績を残すことを嫌うのでな」

「そうなのですか？」

「うむ。彼が求めるのは『悠々自適な隠居生活』が出来る環境らしい。そのためか必要以上に目立つことを嫌うのだよ」

「……隠居生活？　あのお歳で？　あぁいや、それは良いとしても、幼少の頃より周囲から『神童』呼ばわりされている時点で十分目立っているのでは？」

変な方向に将来を見据えている師に対しては司馬懿としても思うところがないわけではない。しかしこれは見方を変えれば『いかなる戦乱の中でも生き抜いて見せる』という意思表示に聞こえなくもないので、そこは聞かなかったことにした。しかし流石に後半の『目立ちたくない』という言葉は聞き逃せなかったようである。

なにせ若かりし頃（今も二十代前半だが）の李儒には数多くの逸話が残っており、極論すればその逸話を父から聞いたからこそ、司馬懿も李儒に弟子入りを志願するほどの興味を抱くことになったと言っても良いだろう。それを考えれば、鄭泰の言葉は些か矛盾しているように思われたのだ。

「それもなぁ。元々彼に与えられた『神童』という評価は、彼に言わせれば『普通に学び普通に働いていたら何時の間にか勝手に付けられていた』程度のモノに過ぎんらしいのだよ。そしてそれは『大将軍閣下の下に仕官する際に有利になる』と判断したからこそ受け入れていた程度のものでしかなかったようでな」

「……予想以上に軽い扱いですね」

自らの師にとって『神童』の扱いは出仕の為の箔付けにしかなっていないことに、何とも言えない気分になる司馬懿であったが、弘農に居る者たちに言わせればそれこそ今更の話である。

「それはそうだろう。世の中には『王佐の才』だの『二龍』だの『八龍』だのと様々な異名があるし、特に優秀と謳われる『三君八俊』に至っては『八顧』『八及』『八厨』の全部を合わせればそれだけで三十五人も居るのだぞ？　そのような中で、賢しい子供を示す『神童』という称号にどれだけの価値があると言うのだね？」

「む？　言われてみれば確かに」

この時代、清流派の連中が己を大きく見せるためにお互いを褒め合って付けた称号は上記のように多々あるのも事実である。故に鄭泰のようなまっとうな大人に正面からこう言われてしまうと、幼少の頃より老子《ろうし》・孟子《もうし》などを読み耽《ふけ》り、春秋左氏伝・春秋公羊伝・春秋穀梁伝の春秋三伝に加え、呉子・孫子・六韜三略・司馬法・尉繚子《うつりょうし》と言った兵法書までも修めたとされる李儒に与えられた『神童』という称号も、所詮は子供限定であることを示す言葉として扱いが軽くなっても仕方のないように思えてしまうから不思議なものである。

そしてもう一歩踏み込んで考えてみれば、あえて『神童』という称号だけを使い続けることが、自身を軽く見せようとする師の狙いの一つかもしれないのだ。

……一体どこまで周囲に自分を過小評価させるつもりなのか？　その考えに至った司馬懿は背中に震えが走るのを自覚する。

「とりあえず司馬懿殿が師である李儒殿を測るつもりならば、周囲が勝手につけた下らぬ称号などではなく、彼の成したことを知るのが一番良い。そう言った意味ではこうして資料室に来るのも間違いではない」

そんな司馬懿の気持ちを知ってか知らいでか、鄭泰は司馬懿に模範解答を告げるのだが、ここで最初の呟きに話は戻ることになる。

「そうでしょう、そうでしょう。私もそう思ってここに来たのですが、ここに肝心の『師が何を成したか』を記した資料がないので困っているのですよ」

「それはそうだ。もともと名を残すことを嫌っているということもあるが、そもそも李儒殿が自身で特別何かをしたと言えるのは、己の実家の荘園の内部だけ。そしてその資料はここには置かれていないからな」

「なるほど。師の功績を記した資料がないのはそのような理由でしたか」

そうなのだ。この資料室は、李儒が弘農丞になった後に作られたものであり、ここには古今の兵法書や農政書などの政に関する資料に加え、弘農における施政を纏めた報告書などと言った様々な資料が置かれているのだが、それはあくまで弘農郡のこと。そのためここにある報告書に書かれている担当者の名は鄭泰を始めとした文官たちになっているのであった。

いや、配下の挙げた功績は上司の功績であると考えれば、ここにある資料だけでも十分過ぎるほど李儒の凄さを理解することは出来る。しかし、やはり司馬懿としてはもっと詳細な資料が欲しいという気持ちがあった。

「しかしそうなると、どうやって調べたものか……いや、噂では色々と聞くのですが、どうも信《しん》憑性《ぴょうせい》が薄い噂だらけでして」

一応この資料室に来る前に司馬懿は徐晃ら武官連中にも李儒に関する話を聞いてはいたのだ。しかし、彼らは司馬懿が子供だからと侮っているのか、李儒の幼少期の話をしているはずなのに『彼が荘園の経営に手を出した結果、荘園の生産量が倍以上になった』とか『豊かになった荘園を狙って来た百人以上の賊を一人で討ち果たした』などといったような、信憑性に欠ける噂話しか話してもらえなかったという経緯があったのだ。

（倍以上って、百人以上って）

いくらなんでも話を盛りすぎだろう。自分が年若い子供だからといって、このような噂を面白おかしく吹聴されては困る。そのような思いを抱いた彼は、それ以上周囲に居る人間に対して李儒の話を聞くのを諦め、半ば不貞腐れた感じでこの資料室を訪れていたという経緯があった。だがしかし、このときの司馬懿は周囲が自身を軽く見ているという思い込みから、一つの可能性を見落としていたことを自覚していなかった。

「噂、か。確かに李儒殿に関する噂は些か過小に表現されておるからな」

「は？　過小？」

そう。それは彼が嘘と決めつけていた噂が、本当の話である可能性だ。

「うむ。李儒殿の場合、事実の方が嘘臭くて噂の方が過小になるという不思議な現象が頻繁にあってな」

「は、はぁ」

確かに普通なら噂には尾ひれが付いていくので、話が大きくなるようなことはあっても、小さくなるなどと言うのは寡聞にして聞いたことがなかった。

「そもそもだな。彼が五歳の頃から様々な書物を読み解いたという話とて、周囲の人間は嘘だと思っているのだぞ？」

「いや、それに関して私は特に疑っておりませんが」

実際に現在八歳の司馬懿はそこそこ前から様々な書物を読んでいるので、別に五歳のときに李儒が兵法書を読み解いたと聞かされても、特に違和感を抱くようなことはなかった。

しかしそれは、彼が司馬懿だからこそ言えることでしかない。

「うむ。司馬懿殿はそうだろう。しかしな？　普通の五歳児は複数の兵法書などを読み込んだりはしないのだ。故に常識に囚われた者は、李儒殿の経歴を言葉半分に聞いている。それが李儒殿の噂が事実よりも過小となっている原因だな」

「は、はぁ。そうなのですね」

いきなり常識について力説し始めた鄭泰に正面から「お前も特殊な例だから」と言われてしまった司馬懿はそう返すことしか出来なかった。そう。つまるところ徐晃らは司馬懿に対して嘘など吐いてはいなかったのだ。

「で、では師が荘園の生産量を倍以上にしたと言うのは？」

「正確には四倍以上だな」

「四倍?!」

「うむ」

確かに四倍も『倍以上』ではあるが、二倍と四倍では流石に差がありすぎる。日頃の無表情を崩して驚愕する司馬懿に対し「ようやく自分が弟子入りした人間の異常さを理解出来たか」と言わんばかりに頷き、言葉を続ける。

「とは言っても、李儒殿がやったことは単純なことでな。それまで手付かずであった李家の荘園の周辺に水を引いて畑を作り、麦や米を収穫した後の休耕していた畑に豆だの芋だの稗《ひえ》だの粟《あわ》だのを植え、それを一定の順番で繰り返させることで土地の力を失うことなく収穫を可能にしたのだそうだ」

李儒に言わせれば『無駄にしていた土地を開墾し、連作障害が起きないようにしたら、そりゃ生産量も増えるだろ?』と言うだけの話である。

「……いや、それだけなのですか?」

「あぁ。少なくとも李儒殿はそれだけだと言っているな」

「はぁ」

あえて何でもないことのように言う鄭泰だが、それが言うほど簡単ではないということくらいは農政に詳しくない司馬懿でもわかる。実際李儒もこの畑の作成には場所やら畑の形に対してはかなり気を使ったし、安定して農作物が生産可能になるまでに数年の月日を費やしていた。しかしながら、元々漢の中心である司隷に属する弘農という土地は、黄河の影響や歴代の王朝が造ってきた大小様々な水路があるため水が豊かな土地なので、他よりは開墾が楽だったのは確かだ。

「そうとしか言えんからな。まぁ当時は色々と苦労もあったらしいが、本人は『無駄を省いただけだ』と言って、あまり当時のことを語りたがらんのだよ。だから実際のところ、我々も詳細は知らんのだ。もし気になるなら後で聞いてみると良いだろう」

「はぁ」

これに関して鄭泰らは李儒が謙遜しているのだと考えていたのだが、本人にしてみれば農業に時間と労力が掛かるのは当然のことであったし、生産力の向上に関しても、その労力に比例して成果が出ただけの話なので特に自分が特殊なことをしたと言う認識はなく、聞かれてもそれ以外に答えようがなかったというだけの話であった。

それより李儒にとって問題だったのは、そんな数年の開墾作業よりも、己の足元である弘農ですら未だにかなりの土地が手付かずで放置されていることだった。

なにせ李儒は、どんな狭いところでも耕せるところは耕し、急斜面ですら段々畑に加工して作物を作るのを当たり前とする価値観を持った日本人《農耕民族》の記憶を持つ男である。

そんな彼の価値観からすれば、潤沢に水が有って、労働力の確保も簡単な首都近郊において、農業に適した土地を余らせるなどとんでもないことであった。

しかし古代中国に於いて平野部の土地の開発が進まない理由は、賊の存在と、それからの略奪を防ぐための経費が必要になるからであるということも理解していた李儒は、まずは賊が来ても対処可能であろう自身の荘園の周囲の開墾を行い、成果を上げたのだと言う。

その土地の有効利用に成功した結果、荘園の石高が四倍以上になったというだけの話である。

「で、では百人を超える賊を師がお一人で討伐したと言うのも本当のことなのですか？」

荘園についての話を聞き、これまで愚にも付かぬ噂話と思っていた話が本当のことであると理解した司馬懿は、「ならば、もう一つの話はどうなのか？」と思い、目の前の鄭泰に確認を取る。すると質問を受けた彼は「その気持ちはわかる」と一つ頷き、その情報についての事実を話し始めた。

「その噂も正確ではないな。実際は二百人前後の賊を五十人ほどで打ち破ったのだそうだ。その際に李儒殿が五十人近い賊を討ち取った。というのが本当のところらしい」

「はぁ？」

「さらにこの討ち取った五十人と言うのも、李儒殿が言うには『二十人から三十人は接敵前に矢で殺したり足や腕を射貫《いぬ》いて戦意を挫《くじ》いた後で配下に殺させ、二十人近くは馬で蹴飛ばして負傷したところを配下に殺させ、残りは逃げ出したところを追撃し、後ろから矢で射たり切り伏せたりしただけのこと』らしい」

「いや、だけのことって」

なんと、正確な情報は一人で百人以上の賊を殺したのではなく、五十人で二百人の賊と戦い、その際に李儒が五十人近い賊を殺したという話であった。そのような状況ならば、確かに装備や戦い方によっては賊にも勝てるだろうし、具体的な殺し方を聞けば一人で五十人前後の賊を討ち取ることも不可能ではない……かもしれない。

また、この噂が洛陽で浸透しなかった理由については、本人が態々広めようと思わなかったという理由もあるが、当時は孫堅や董卓に代表される地方軍閥の将が『寡兵で以て大兵の賊を討つ』ということを多少誇張して報告することが当たり前にされていた時期でもあったので、李儒が討伐したような二百人程度の規模では殊更目立つことはなかったためなのだとか。

そんな事情を聞かされて呆然とする司馬懿に対し、鄭泰は一つの助言をすることになる。

「司馬懿殿の気持ちもわかる。だがな、そもそもの話、李儒殿に関して言えば、我々の常識を当てはめるのが間違っているのだよ」

「なるほど……」

「だからな。今後李儒殿に対して何か不条理を感じたら、その度にこう考えると良い」

「？」

「『李儒殿だからしょうがない』とな。それだけで幾分かは気が楽になるぞ」

「は、はぁ」

経験者は語る。と言ったところだろうか。

真顔でそう告げて来た鄭泰に対し、この時は非常にしょうもないことを言われたような気がした司馬懿であったが、数年に亘り李儒と付き合っていく中で、この教えが実に的を射ていた助言であったと実感することになる。

だが、そう思ってからが司馬懿という少年が尋常な子供ではないところであった。彼は他の者たちとは違い『しょうがない』という言葉を使って李儒を理解することを諦めるような真似はしなかったのだ。

代わりに。とでも言えば良いのだろうか。

いつか師の背に追いつくことを目標としている司馬懿は、師を褒めるときだけでなく師の行動に不条理を感じたりしたときも、ただ一言『流石我が師《さすわし》』と呟くことになる。

こうしていろんな意味で『神童』に鍛えられている『鬼才』が、後年この大陸に何を齎すのか。

それを知る者は未だ居ない。

あとがき

はじめましての方ははじめまして。そうでない方はお久しぶりでございます。

また、この拙作が書籍化されるにあたっての諸事情をご存知の方におかれましては、お待たせしてしまい誠に申し訳ございません。作者の仏ょもです。

ちょうど一年ほど前。とある事情でとある出版社様からの書籍化が白紙化してしまった拙作ではございますが、この度アース・スター様の御厚意もあって、無事に書籍化することと相成りました。

皆様方におかれましては、数ある書籍作品の中から拙作をお手にとって頂いたこと、深く御礼申し上げます。

基本的にこの「あとがき」を読んでいらっしゃるということは、書籍の内容も読まれた後のことと思いますが、読者様の中には最初にあとがきを読む方もいらっしゃるそうなので、ネタバレにならない程度に拙作をご説明させていただくと共に、ｗｅｂ版からご愛読してくださっている読者様に向けてｗｅｂ版との大きな違いを簡単にご案内させて頂きます。

最初に、私が拙作を書こうと思ったのは、一般的に三國志と言われる物語の序盤に登場していた人物の描写の少なさに不満を覚えていたからです。

ただしこれらの事情に関しましては「そもそも三國志の舞台となった三国時代というのが、西暦二二〇年に劉協《りゅうきょう》が曹丕《そうひ》に帝位を禅譲した後のことを指す言葉である」というのもありますし、広義の意味での三国時代、つまり西暦一八四年に起こった黄巾の乱発生以後のことですが、この時期から漢帝国全土を巻き込んだ動乱により様々な史料が散逸していたこともあって、後に史料を残せるだけの余力を持っていた勢力（具体的には魏と呉と蜀）が作成した史料以外の情報がないので描写のしようがない。といった諸々の事情があることは作者も承知しております。

あとは、物語として面白いか否かというところでしょうか。

……確かに劉氏でありながら筵売りから身を起こし、前半は武俠《ぶきょう》して自由に生き、後半は反曹の旗を掲げ、強大な敵を相手にしながら最終的に一国を簒奪して皇帝を名乗った劉備は、物語の主役に最適でしょう。

同じように、周囲を敵に囲まれた状況にありながら敵に勝ち続け、裸一貫の状態から最終的に王位までのし上がった曹操は、彼が周囲に見せつけた才能と苛烈な価値観と相まって物語の主役や敵役にしやすいでしょう。

また、両者に比べれば地味ですが、赤壁《せきへき》で曹操を破っただけでなく濡須口《じゅしゅこう》で幾度となく魏と争ったり、荊州で関羽を討ち取った挙句、夷陵《いりょう》で劉備率いる蜀軍を完膚なきまで打ち負かした呉も、曹操や劉備を語る上では決して外せないファクターでしょう。

ですが、だからといって彼ら（特に劉備）が活躍する前段階で死んだ人々が「無能」だとか「暴君」の一文字で片付けられて良いものなのでしょうか？

その答えは否、断じて否。

問・ならばどうする？
答・自分で書けばいいじゃないか。ついでに自分なりの解釈も加えたろ。

こんな感じの、捻くれた考えから生まれたのが拙作となります。

まぁ、なんだかんだ偉そうに言いながらも黄巾の乱の首謀者とされている張角の描写がなかったり、辺章や韓遂は少しだけ描写はあるくせに同じような乱を起こした張純の描写は全くなかったりと、結構なアンバランスさがありますので、本当に三國志マニアと呼ばれる方々からすれば中途半端に三國志が好きなニワカ作者が書いた妄想の産物にしかならないのでしょうが、そこまで描写していたらいつまで経っても西暦一八四年が終わらないので、この辺の取捨選択も作者の特権ということで一つ、ご理解とご了承を頂ければ幸いです。

肝心の内容につきましては、ｗｅｂ版をご覧の皆様は既知のことと思われますが、序盤の主役として何進と董卓に焦点を当てております。特に巷で評価が低い、というか、評価されていない何進がどのような人物であったのかを想像しながら読んで頂き、彼を再評価して頂ければこれに勝る喜びはございません。

また本作はｗｅｂ版にはない幕間が追加されていたり、細やかな語句についての説明のようなものがあったりすること。ｗｅｂ版では一人称であった場面が三人称に変わっていたり、逆に三人称が一人称になっていたりしていること等々、一言では言い表せない程度には変更点がございますので、手前味噌ではありますがｗｅｂ版をご覧になってくださっていた読者様にもご満足いただける内容になっているかと自負しておりますので、楽しんでいただければと思っております。

最後になりますが、拙作の書籍化を決意してくださったアース・スター様。

古風なおっさんを描いてくれという無茶振りを受けて頭を抱えたでしょうが、しっかりと素晴らしいイラストを描き上げてくださった流刑地アンドロメダ様。

そしてｗｅｂで応援して下さった読者様と、拙作をお手に取って下さった読者様。

関係各位の皆様方に、心より感謝申し上げつつ作者からの挨拶とさせて頂きます。

がココにある。
私の従僕
私、能力は平均値でって言ったよね!
二度転生した少年は
Sランク冒険者として平穏に過ごす
～前世が賢者で英雄だったボクは
来世では地味に生きる～
転生したら
ドラゴンの卵だった
～最強以外目指さねぇ～
戦国小町苦労譚
領民0人スタートの
辺境領主様
毎月15日刊行!!
https://www.es-novel.jp/

あなたの"好き"
反逆のソウルイーター
～弱者は不要といわれて
剣聖（父）に追放
されました～
転生した大聖女は、
聖女であることをひた隠す
冒険者になりたいと
都に出て行った娘が
Sランクになってた
即死チートが
最強すぎて、
異世界のやつらがまるで
相手にならないんですが。
人狼への転生、
魔王の副官
アース・スター ノベル
EARTH STAR NOVEL

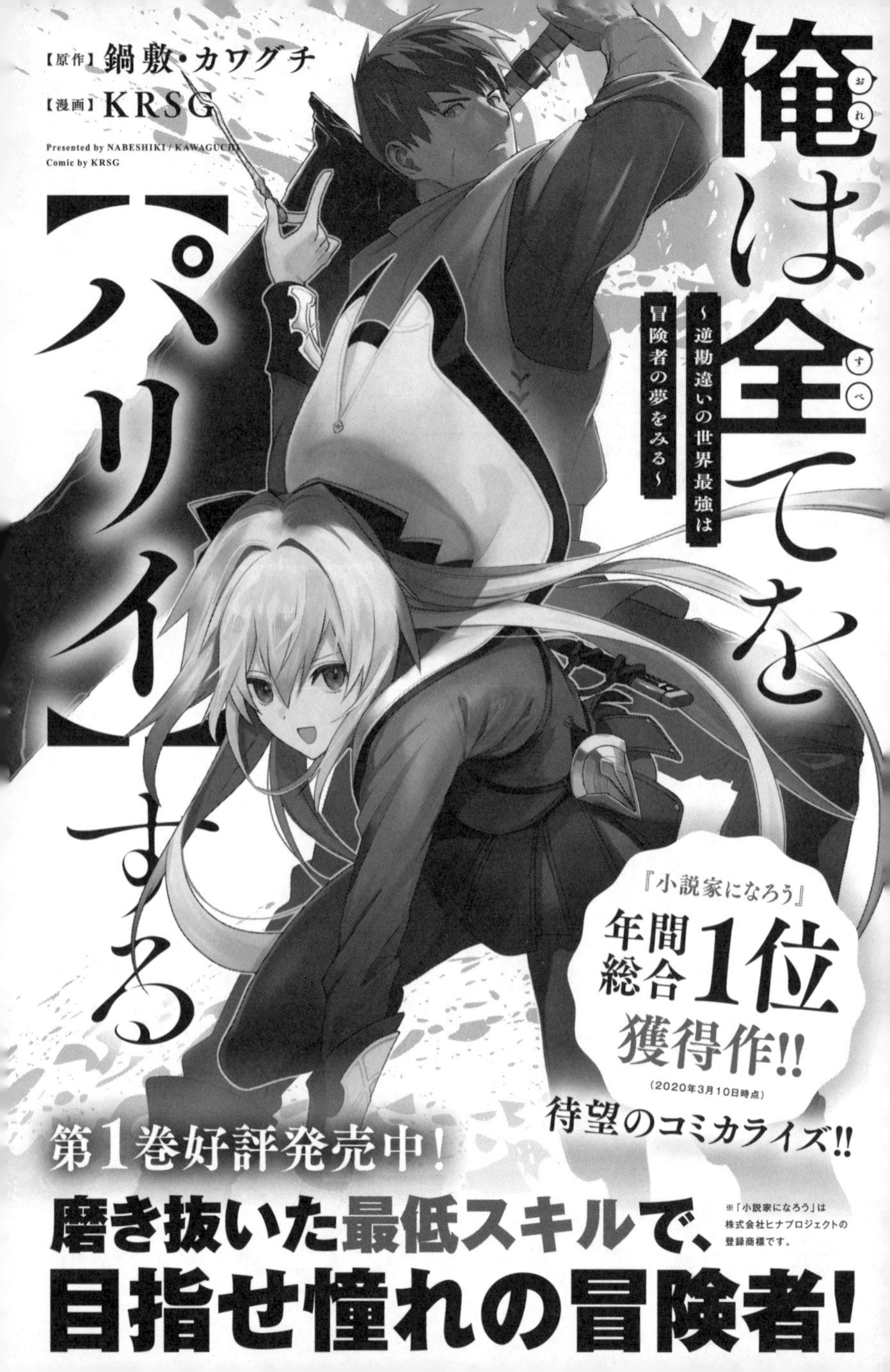
【原作】鍋敷・カワグチ
【漫画】KRSG
Presented by NABESHIKI / KAWAGUCHI
Comic by KRSG
俺《おれ》は全《すべ》てを【パリイ】する
~逆勘違いの世界最強は冒険者の夢をみる~
『小説家になろう』
年間総合1位獲得作!!
(2020年3月10日時点)
待望のコミカライズ!!
第1巻好評発売中!
磨き抜いた最低スキルで、
目指せ憧れの冒険者!
※「小説家になろう」は株式会社ヒナプロジェクトの登録商標です。

EARTH STAR NOVEL

偽典・演義　1
～とある策士の三國志～

発行 ―――― 2021年4月15日　初版第1刷発行

著者 ―――― 仏ょも

イラストレーター ―――― 流刑地アンドロメダ

装丁デザイン ―――― 舘山一大

発行者 ―――― 幕内和博

編集 ―――― 古里 学

発行所 ―――― 株式会社 アース・スター エンターテイメント
〒141-0021　東京都品川区上大崎 3-1-1
目黒セントラルスクエア　7F
TEL：03-5561-7630
FAX：03-5561-7632
https://www.es-novel.jp/

印刷・製本 ―――― 中央精版印刷株式会社

ISBN 978-4-8030-1515-7